DIE OBSESSION DES MILLIARDÄRS

AMANDA ADAMS

ÜBER: DIE OBSESSION DES MILLIARDÄRS

Ich halte mich an drei Regeln, wenn ich Multi-Milliarden-Dollar Firmen aufbaue. Regel Nummer eins: schlafe nicht mit Angestellten. Regel Nummer zwei: schlafe nie, nie, niemals mit Angestellten. Und Regel Nummer drei: hör zu Idiot, sie ist wirklich umwerfend. Aber du kannst sie nicht haben! Doch jetzt…hat sie gekündigt…oder sie geht…oder was auch immer. Ich habe seit zwei Jahren ein Auge auf sie geworfen. Ich laufe praktisch meine zehntausend Schritte am Tag, indem ich Ausreden erfinde, um an ihrem Schreibtisch vorbeizulaufen…einen Blick auf sie zu erhaschen. Und jetzt scheine ich mir einen ernsten Fall von *Coitus Interruptus* zugezogen zu haben.

Steckst du liebeskrank im Aufzug fest? Nicht so schnell. Heiß und verschwitzt, dennoch unbefriedigt? Du leidest unter den Nebenwirkungen von Coitus Interruptus.

Sex on the beach…klingt lecker. Das würde man meinen, aber Sand in den unteren Regionen kann auch nur eine weitere Nebenwirkung von Coitus Interruptus sein. Und die Frau, in die ich mich verliebe… Ich denke doch tatsächlich, dass sie mein Elend witzig findet.

Ich muss sie haben!

KAPITEL EINS

Lindsey

Es ist eine Sache, wegen eines Wochenendausflugs mit den Mädels in Vegas zu sein und eine ganz andere, beruflich in Vegas zu sein. Wenn ich meinen aktuellen Beziehungsstatus mit Sin City auswählen müsste, würde ich zwischen Liebe und Hass schwanken, was sich stündlich ändert, zum Kuckuck, minütlich. Während ich in meiner Hotelsuite bin, meine Hygieneartikel einsammle und Kleider zusammenlege, wandern meine Gedanken von einer absolut hektischen und chaotischen Woche zu etwas anderem.

Was ich tun könnte.

Was ich tun sollte.

Ich sollte auf meiner Bettkante sitzen, während ein umwerfender und nackter Mann bewundernd zu mir hochblickt. Dabei würde ich eine Zigarette rauchen, erschöpft und wunderbar wund an all den richtigen Stellen, dennoch befriedigt und triumphierend. Wen kümmert es schon, dass ich nicht einmal rauche…darum geht es hier verflixt nochmal nicht. Wenn es bedeuten würde, dass ich einen heißen

Liebhaber neben mir im Bett hätte, würde ich definitiv eine anzünden.

Stattdessen ist ein offener Koffer mein Bettgefährte.

Ich arbeite wirklich gern für eine Firma voll junger, intelligenter Menschen, aber warum Vegas? Warum? Um des Hedonismus willen…warum? Und am Silvesterwochenende…schon wieder.

Aber eigentlich muss ich gar nicht nach dem Warum fragen. Glücksspiel, kostenlose Getränke, fantastische Restaurants, Shows und die hochwichtige, nie endende Parade attraktiver Singles, die ihre Hemmungen zu Hause lassen. Jeder Programmierer und Ingenieur, der für Michael arbeitet, ganz egal wie nerdig er ist, wird um einiges attraktiver, wenn er nebenbei fallen lässt, dass sein Boss äußerst großzügig mit Aktienanteilen einer Firma umgesprungen ist, die kurz vor dem Börsengang steht. Die meisten werden innerhalb von sechs Monaten mit Mitte zwanzig Millionäre sein.

Meine erbärmlichen Optionen verblassen im Vergleich dazu. So ist nun mal das Leben einer Eventmanagerin. Unterbezahlt und unterbewertet.

Unterbewertet, bis das Hotelpersonal vergisst einen Konferenzsaal herzurichten, die AV-Anlage nicht funktioniert oder ein verkaterter Angestellter auf den Gang kotzt. Dann heißt es '*Lindsey to the rescue*' und sie ist das tollste seit, nun… seit dem letzten Mal, als sie dir den Arsch gerettet hat.

Aber ich liebe die Arbeit. Riesige Events zu organisieren, komplexe Terminpläne zu jonglieren, Reisen für Hunderte zu managen und harte Verhandlungen mit Hotels zu führen, all das verschafft mir eine große Befriedigung. Die Eventwoche ist die Woche, in der ich glänzen, das Ruder übernehmen und die Show schmeißen kann.

Das Problem ist, dass ich nicht am Ruder stehe, weder dem meines Lebens noch dem meiner Karriere, und es ist Zeit für eine Veränderung. Ein Bachelorabschluss von Cornell und ein MBA der Northwestern hatten mir eigentlich nicht nur einen Sackgassenjob einbringen sollen. Ich habe verdammt hart gearbeitet und es ist an der Zeit etwas zu verändern.

Ich gehe nochmal kurz ins Bad, um einen letzten Blick hineinzuwerfen und mich zu vergewissern, dass ich nichts vergessen habe. Mein Plan ist, alles für den Morgen bereit zu haben, sodass ich nur noch aufstehen und gehen muss. Als ich mich umdrehe, leuchtet mein Handy auf und vibriert auf dem Beistelltisch. Ich kann sehen, dass es mein arschkriecherischer Assistent Chad ist…schon wieder. Ich möchte nicht dran gehen, aber wenn ich es nicht tue, wird er einfach weiter anrufen. Und anrufen. Warum kann er nichts tun, ohne vorher um meine Erlaubnis zu fragen?

„Hi, Chad."

„Hey, Lindsey, sorry, dass ich dich nochmal störe, aber hier ist dieser Kerl, der für das Hotel arbeitet. Er sagt, wir könnten nicht unsere eigene AV-Anlage installieren, er müsse das tun."

„Sag ihm, er redet Mist. Es steht in unserem Vertrag. Wir kümmern uns um unsere eigene AV."

„Ich habe versucht, ihm das klarzumachen, aber er hört nicht zu. Er pocht darauf und behauptet, das wären Gewerkschaftsregeln."

Verfluchte Las Vegas Gewerkschaften. Man darf sich nicht mal selbst den Arsch abwischen. Man muss es einem ihrer Leute überlassen, damit sie auch ein Stück vom Kuchen abbekommen. „Chad, du musst streng sein. Das ist unser letztes Event dieses Wochenende und es geht nur um verdammtes Karaoke. Warum kommt er jetzt damit an? Sag ihm, er soll das mit dem Eventmanager seines Hotels klären." Das Arschloch denkt, wenn er sich jetzt einmischt, dass er uns dann eine Rechnung für jedes Event stellen kann.

„Nein. Ja. Nein, nun das habe ich gemacht, aber er geht einfach nicht und er ist riesig. Er versucht, unsere Ausrüstung mitzunehmen."

Als Chad anfängt zu stottern und sich zu wiederholen, ist es an der Zeit, ihn zu unterbrechen und wieder auf Spur zu bringen. „Verdammt, Chad. Schön, ich bin gleich unten. Halt ihn hin und lass ihn nichts mitnehmen." Hotels sind dafür berüchtigt, dass sie einen mit AV-Ausrüstungs- und Installationsgebühren in den Ruin treiben. Fünfhundert Dollar für den Aufbau eines Mikrofons in einem Zimmer und nochmal fünfhundert, um das gleiche Mikrofon in ein anderes Zimmer zu tragen, wollt ihr mich auf den Arm nehmen? Es ist billiger, die Ausrüstung selbst mitzubringen. Also machen wir genau das.

„Danke, Boss, bitte beeil dich."

„Das werde ich, Chad und hör auf, mich Boss zu nennen."

„Richtig, sorry, Boss, ich meine Lindsey."

„Bye, Chad."

Ich schüttle verzweifelt den Kopf und verdecke mein Gesicht mit den Händen, nachdem ich den Anruf mit Chad beendet habe. Ich bin mir sicher, dass er meinen Posten übernehmen wird und ich habe plötzlich ein schlechtes Gewissen, dass ich gehen möchte. Er wird beim ersten Mal, bei dem er ein Event allein organisieren muss, garantiert alles vermasseln. Er ist so ein Weichei. Das erste Hotel, mit dem er verhandeln muss, wird ihn umbringen.

Ich lege auf und drücke auf den Knopf, um das Handydisplay auszuschalten, ehe ich es weglege. Doch aus dem Augenwinkel sehe ich eine E-Mail-Benachrichtigung. Mir stockt der Atem, als mein selbstdiagnostizierter, absolut unrealer, aber wirklich schwerer Fall von E-Mail-Atemnot einsetzt. Was auch immer es ist, es kann nicht gut sein. Nicht, wenn achtundneunzig Prozent der Leute, mit denen ich arbeite, nicht im Büro, sondern betrunken sind und mit den Hüften zu furchtbar gesungenen Hits aus den Siebzigern, Achtzigern und Neunzigern wackeln.

Ah, aber was konnte schon schief gehen? Wir sind hier in

Las Vegas, nichts geht jemals schief in dieser Stadt. Richtig? Ja…richtig.

Ich halte immer noch die Luft an, als die E-Mail mein Display füllt:

Hey, Lindsey! Hoffe, alles läuft gut. Ich wollte mich nur wegen unserem Spring Break Event dieses Jahr melden. Sind Sie noch interessiert? Ich weiß, Sie haben erwähnt, Sie würden Ihre eigene Firma gründen. Bisher habe ich jedoch noch nichts in diese Richtung gehört. Wir müssen dieses Jahr wirklich zu etwas Besonderem machen und planen ein riesiges Event, sehr viel größer als wir es allein auf die Beine stellen können. Wir brauchen einen Profi und ich habe Ihren Namen bei unserem CEO fallen lassen. Geben Sie mir Bescheid, ob Sie interessiert sind. Ich weiß, es ist ein verlängertes Wochenende und ich bin mir nicht sicher, ob Sie arbeiten, aber wir stehen unter Zeitdruck und müssen eine Entscheidung fällen. Wir planen dieses Jahr auch noch mehrere andere Events. Wenn also alles gut läuft… Geben Sie mir so schnell wie möglich Bescheid.

Danke,
Luke McKenna
VP of Operations, Excel Ventures, Inc.

Oh mein Gott. Oh mein Gott. Oh. Mein. Gott. Damit habe ich überhaupt nicht gerechnet und ich bin so aufgeregt, dass ich nicht aufhören kann, in meinem winzigen Hotelzimmer herum zu tigern. Ich habe monatelang meine Fühler ausgestreckt und jahrelang davon geträumt, meine eigene Eventfirma zu gründen, aber nie damit gerechnet. Excel Ventures wäre ein riesiger Fisch. Es ist eine der größten und erfolgreichsten Risikokapitalgesellschaften der Gegend und die Verbindungen, die ich durch sie bekommen könnte… Ich will schreien, so glücklich bin ich. Das ist es. Mit diesem Kunden kann ich meine eigene Firma gründen und anfangen, mir selbst etwas aufzubauen. Das würde bedeuten, dass ich meinen Job kündigen und jeden Dollar, den ich gespart habe, riskieren müsste, aber es könnte mir alles einbringen, wovon ich jemals geträumt habe.

Ich bin völlig fassungslos, als ich anfange eine Antwort zu formulieren:

Luke,

vielen Dank, dass Sie an mich gedacht haben. Ich…

Und eine neue SMS unterbricht mich. Sie ist natürlich von Chad. *Bitte beeil dich, Lindsey, ich brauche Hilfe.*

Mein Gott…was für eine Memme. Die E-Mail wird warten müssen und ich beginne meine Suche nach einem Paar Schuhe. Das einzige Paar, das ich noch nicht eingepackt habe, sind die Heels, die ich auf der Cocktailparty anhatte, von der ich gerade gekommen bin. *Scheiße.* Sie sind rosenrot und hinreißend, aber nicht gerade bequem und zum Veranstaltungsraum ist es ein Fußweg von zwanzig Minuten. Ich nehme allerdings lieber wunde Füße in Kauf, als nochmal meinen ganzen Koffer auszupacken. Also schlüpfe ich in die Schuhe und laufe zur Tür. Wieder einmal heißt es '*Lindsey to the rescue*'.

KAPITEL ZWEI

Michael

Diese Kerle sind saukomisch und betrunken, aber wen kümmert das schon. Deswegen sind wir schließlich hier. Programmierer knallen wie ein Korken aus einer geschüttelten Champagnerflasche, wenn sie sich die Zeit nehmen, um mal loszulassen und sich daran zu erinnern, dass sie echte Menschen sind. Das habe ich schon mal erlebt und meine Lektion gelernt. Sie setzen sich vor ihre Kisten und die Linie zwischen Realität und Virtualität verschwimmt beinahe bis zur Unkenntlichkeit. Sicher, diese Ausflüge nach Vegas sind teuer, aber sie sind von unschätzbarem Wert, um die besten Talente in der Firma und bei Verstand zu halten. Ich bezahle ihnen einen großen Batzen und wenn wir erst an die Börse gehen, werden sie alle reich sein. Doch sie werden sich noch lange, nachdem die Freude, einen BMW gekauft zu haben, verflogen ist, an Jessicas furchtbaren, betrunkenen Gesang erinnern.

„Michael waas geeeht?" Tyler Johnson lehnt sich an meine Schulter und versucht, mir ins Ohr zu flüstern, wobei er nicht bemerkt, dass er brüllt. „Wir lieben dich, Mann. Danke, dasssu das getan has. Singssstsu?" Tyler ist ein brillanter Systemarchitekt, der höchstwahrscheinlich auf der Nase landen wird, wenn ich mich bewege. Der Alkohol in seinem Atem reicht beinahe aus, um mich passiv betrunken zu machen.

„Nein, dafür habe ich noch nicht genug intus."

„Willstsu meinen Drink?" Er hält mir eine Bloody Mary ins Gesicht, wobei er mir den Sellerie fast in die Nase schiebt.

„Nein Danke, Kumpel." Ich drücke seinen Drink zur Seite und er nimmt einen großen Schluck, den er mit einem triumphierenden Biss von der Selleriestange beendet. „Ich glaube nicht, dass irgendjemand nochmal meinen Gesang durchleiden möchte."

„Komm schon, Mann. Du kanns nich schlimmer sein als Jessica. Hassu sie gehört? Ich hab mir fast in die Hose gemacht."

„Ja, sie war toll. Sie gibt alles."

„Ja, das tut sie. Sie is spitze. Ich werd mit ihr reden. Bis später, Michael."

„Bye, Tyler." Ich muss einfach über ihn lachen, als er zu Jessicas Tisch schwankt. Sie tanzt auf ihrem Stuhl und singt lauter als die Person am Mikrofon. Tyler stellt sich hinter sie, lächelt und starrt eine gefühlte Ewigkeit vor sich hin. Dann zieht er einen Stuhl heran, steigt hinauf und schließt sich dem Gesang an. Es ist nur eine Frage der Zeit, bis er runterfällt. Ich hoffe, unsere Versicherung ist bezahlt.

Es war ein tolles Wochenende, aber noch mehr Gesellschaft kann ich wirklich nicht ertragen und daher laufe ich zur Tür, um die Flucht anzutreten.

Es ist spät und die meisten Leute sind auf der Party oder im Casino, weshalb mein Rückweg wohl einsam werden wird. Ich könnte wirklich frische Luft gebrauchen. Also verlasse ich den langen Gang und nehme stattdessen den Gehweg zurück zum Hotel. Drei Long Island Eistees an einem Abend sind genug, um mir einen ordentlichen Schwips zu verschaffen und ich hoffe, dass die warme, trockene Nachtluft mir dabei helfen wird, einen klaren Kopf zu bekommen. Ich weiß es immer zu schätzen, dass unsere Eventmanagerin Lindsey uns in einem All-Suite-Hotel unterbringt, das gesondert vom Casino liegt. Ich ziehe es vor, die hellen Lichter, das konstante Klingeln der Spielautomaten und den Rauch hinter mir zu lassen, wenn ich schlafen gehe.

Wenn man vom Teufel spricht. Als ich um die Ecke des letzten Stücks zur Hotellobby biege, läuft sie direkt vor mir. Ich denke darüber nach, sie zu rufen, aber stoppe mich und genieße stattdessen die Aussicht. Sie ist eine sexy junge Frau und ihr Hintern sieht in dem Rock fantastisch aus, während sie vor mir läuft. Wenn sie nicht für mich arbeiten würde, würde ich sie um ein Date anbetteln. Ich würde mich aber auch mit einem Vegas Quickie zufriedengeben. Im Büro hatte ich schon mehrere Male das Gefühl, dass sie mich beim Starren ertappt hat, aber sie hat sich nie etwas anmerken lassen. Sie hat die Figur einer ehemaligen Athletin und ich liebe das. Knackiger und üppig gerundeter Po, kräftige muskulöse Beine, schlanker Oberkörper und hübsche pralle Titten. Ich kann mir nur ausmalen, wie sich dieser Hintern in dem Rock anfühlt, während er sich bei jedem Schritt anspannt und bewegt.

Oh, wie gerne wäre ich doch der Stoff, der sich an diesen Arsch schmiegt.

Das sollte mein nächstes Start-up werden… virtuelle Realität, die diese Empfindung direkt zum Gehirn transferiert. Ich würde Milliarden machen.

Dass sie barfuß ist und ein Paar roter High Heels in einer Hand trägt und einen Lederplaner in der anderen, während sie vorwärts marschiert, vervollständigt das perfekte Bild. Ich wünschte, der Weg wäre zehn Meilen länger.

Als sie sich der Tür des Hoteleingangs nähert, jogge ich neben sie. „Lass mich die Tür für dich öffnen."

„Wo kommst du so plötzlich her?", fragt sie.

„Ich war auf der Cocktail- und Karaoke-Party." Verdammt, diese Frau ist sexy. Sie scheint immer einen Bleistift hinter ihrem Ohr stecken zu haben und das macht mich auf eine Gelehrten-Art und Weise verrückt. Heiß und intelligent ist eine magische Kombination.

„Warst du während des gesamten Rückwegs hinter mir? Warum hast du nichts gesagt?"

Als ich die Tür öffne und sie vor mir hindurchgeht, wünsche ich mir, ich könnte ihr die Wahrheit sagen. Doch mein Schwanz ist fast vollständig hart, weil ich sie beobachtet habe, während ich meine virtuelle Realitätsidee überdacht habe, und ich habe Angst, dass sie es bemerkt. „Nein. Nun, ja, erst seit der letzten Abzweigung. Ich wollte dich nicht stören." Sie blickt mich aus schmalen Augen an und legt den Kopf schief, aber ich glaube, sie hat es mir abgekauft.

„Wie war die Party? Hast du gesungen?"

„Ich? Nein. Ich schaue einfach nur gerne zu. War ein tolles Event. Du hast einen klasse Job mit der Organisation gemacht." Wir durchqueren gemeinsam die Lobby und laufen zu der Reihe mit den Aufzügen. Ich bin mir nicht sicher, ob es an der spätabendlichen Luft oder den drei alkoholischen Getränken liegt, aber sie sieht hübscher aus denn je.

„Oh, du schaust gerne zu, hm?" Sie grinst zu mir hoch, während wir uns zu vier anderen Leuten stellen, die auf einen Aufzug warten. Hat sie gerade gesagt, was ich denke, dass sie gesagt hat? Flirtet sie mit mir? „Nun, danke. Ich bin froh, dass alles geklappt hat. Es scheinen alle Spaß gehabt zu haben."

Das Licht über dem linken Aufzug leuchtet auf und wir folgen den anderen, als sich die Türen öffnen. Lindsey tritt zum Zahlenfeld und drückt auf die Zwanzig und Einundzwanzig. „Ich bin in der Einundzwanzig", sage ich.

„Ich weiß. Ich habe die Zimmer gebucht, schon vergessen? Ich bin in der Zwanzig."

„Natürlich, danke."

Der Aufzug fährt nach oben und alle nehmen die übliche

Aufzughaltung ein. Falsches Lächeln, bevor sie nach vorne blicken und auf die wechselnden Stockwerkzahlen starren, um die Chance peinlicher Gespräche zu minimieren, während sie beten, dass niemand stinkt. Check, check, check und check. Die einzige andere erleuchtete Zahl auf dem Bedienfeld ist der zehnte Stock.

Sechs, sieben, acht.

Als wir uns dem zehnten Stock nähern, nehme ich einen Geruch war und realisiere, dass ich mit meinem letzten Check vielleicht etwas zu voreilig war. Zum Glück gewinnt die parfümierte Hotelluft, die in den Aufzug gepumpt wird, den Kampf um die Duftvorherrschaft, als der Aufzug anhält, die anderen vier Passagiere hinauslaufen und mich mit Lindsey allein lassen.

Sie stellt sich links neben mich, als sich die Türen wieder schließen und ich kann nicht anders, als mich über unsere ehemaligen Aufzugkumpel lustig zu machen. „Puh, ich bin froh, dass die weg sind. Ich habe mir schon leicht Sorgen gemacht."

„Ich hatte gehofft, dass das nicht du warst." Sie wedelt mit der Hand vor ihrer Nase und grinst.

„Oh nett. Vielen Dank auch." Elf, zwölf. „Ich dachte, das wärst du."

„Ja klar, du Idiot." Sie schubst mich und ich übertreibe, indem ich mich an die Aufzugwand werfe. Genau in dem Moment, als ich gegen die Wand pralle, stoppt der Aufzug mit einem Ruck zwischen dem fünfzehnten und sechzehnten Stock und die Lichter verlöschen.

„Aua. Siehst du, was du gemacht hast." Ich gehe zum Bedienfeld und drücke einige Knöpfe. „Du hast ihn kaputt gemacht."

„Daran bist du schuld, du Schauspieler." Sie stellt sich neben mich und ich höre sie ebenfalls Knöpfe drücken.

„Was machst du?"

„Vielleicht ist er wütend auf dich, weil du ihn kaputt

gemacht hast." Sie schiebt mich zur Seite und ihre roten High Heels streifen mein Knie.

„Du hältst deine Berührung für magischer als meine?"

„Ich kann dir versprechen, dass es so ist. Was denkst du, passiert hier gerade?"

Ich kann mich nicht entscheiden, ob sie erneut mit mir flirtet. Zweimal innerhalb von zehn Minuten, wenn sie sonst immer einhundert Prozent auf die Arbeit konzentriert ist, können nicht nur meiner Einbildungskraft geschuldet sein. „Ich schätze, dem Hotel ist der Strom ausgefallen und wir stecken wahrscheinlich zusammen hier fest, bis sie wieder Saft haben." Mein Schwanz sagt mir, dass ich mir ihre Flirterei nicht einbilde und erhebt sich, um sich dem Gespräch anzuschließen.

„Welcher ist der Notrufknopf?" Sie beugt sich nach vorne, drückt auf einen Knopf und der Aufzug fällt für eine gefühlte Ewigkeit. Als er abermals mit einem Ruck stoppt, ist Lindsey gegen mich gekippt und wir sind einander zugewandt. Sie umarmt meine Taille und drückt sich fest gegen mich. Ich schlinge meine Arme um sie und ich weiß, dass sie meinen steif werdenden Schwanz spüren kann, der sich an sie presst. „Hör bitte auf, den Aufzug kaputt zu machen." Ich fühle mich lächerlich, aber ich ziehe sie näher an mich. Wir könnten jeden Moment in den Tod stürzen und ich kann nur daran denken, diese umwerfende Frau zu vögeln, bevor ich sterbe.

„Denkst du, wir werden sterben?" Sie hebt ihr Gesicht zu meinem und ihr heißer Atem streicht über meinen Mund.

„Das könnte passieren", antworte ich, ehe ich meinen Mund auf ihren drücke und sie tief küsse. Ich höre ihre Heels und Planer hinter mir auf den Boden krachen, als sie ihre Zunge zu meiner schiebt.

KAPITEL DREI

Lindsey

Ich habe keine Ahnung, was über mich gekommen ist und es ist mir schnuppe. Ich bin seit meinem ersten Arbeitstag auf Michael scharf und jetzt stecken wir in diesem verfluchten Aufzug fest, werden wahrscheinlich jede Minute in den Tod stürzen und ich habe gerade meine Zunge seine Kehle hinabgeschoben. *Scheiß drauf. Was in Vegas passiert...* Er hat mich bisher kaum mehr als eines Blickes gewürdigt und jetzt drückt sich sein Schwanz steinhart gegen meinen Bauch und ich denke, ich habe meinen Slip in Rekordzeit durchgeweicht.

Ich stoppe und löse mich von ihm. „Bist du dir sicher, dass du das hier willst?"

„Nein." Er macht einen Schritt zurück und ich höre ihn schwer atmen. „Ich kann nicht. Du arbeitest für mich. Ich date niemanden, der für mich arbeitet."

„Ich bitte dich nicht um ein Date." Ich trete einen Schritt nach vorne.

„Du weißt, was ich meine. Ich kann nicht."

„Aber ich arbeite nicht mehr für dich. Nun...das stimmt nicht ganz, fast."

„Was? Was meinst du damit, du arbeitest nicht mehr für mich? Warum habe ich noch nichts davon gehört?" Er legt seine Hand auf meine Hüfte und hält mich fest.

„Ich habe meine Kündigung eingereicht. Ich habe beschlossen, meine eigene Firma zu gründen." Okay, ich dehne die Wahrheit ein wenig und springe gleichzeitig von einer Klippe. In diesem Moment, mit meinem wahnsinnig sexy Boss im Aufzug gefangen, scheint es mir merkwürdigerweise schnurzpiepegal zu sein. Ich mache einen Schritt nach vorne, um die Lücke zwischen uns zu schließen und küsse ihn wieder tief.

„Ach, Scheiß drauf", sagt er. „Was in Vegas passiert – "

„Bleibt in Vegas", beende ich seinen Satz. „Du hast meine Gedanken gelesen."

Er dreht uns um, legt beide Hände unter meinen Po und hebt mich hoch, während er meinen Rücken gegen die Aufzugwand drückt. Ich hebe mein linkes Bein und schlinge es um seine Hüften, senke meine Taille zu seiner und reibe meine geschwollene Klit an seinem harten Schwanz. Er unterbricht den Kuss und biegt den Kopf nach hinten. Seine Stimme knurrt: „Du bist so verdammt sexy." Und schon drückt sich sein Mund erneut auf meinen.

Er lässt seine Hand zu meinem Rocksaum wandern und schiebt den Stoff hoch, während er seine rechte Hand mein Bein hoch bewegt. Als er sich meinem Po nähert, schwöre ich, dass ich meine Klit erzittern spüre. Seine Finger legen sich um meinen Schenkel und seine Fingerspitzen streifen fast meine Schamlippen. Ich will *Ja, Ja* stöhnen, aber ich kann nicht aufhören, seinen Mund mit meiner Zunge zu ficken. Doch er löst sich von mir und lässt seinen Mund zu meiner rechten Brust wandern. Er saugt meinen harten Nippel durch den Stoff in seinen Mund und schnalzt mit der Zunge dagegen. Er hält lang genug inne, um zu flüstern: „Du hast keinen BH an." Dann widmet er sich wieder meinem Nippel. Ich wimmere ein Stöhnen in die stille Dunkelheit und reibe mich fest an ihm.

„Ich hatte mich schon für die Nacht in mein Zimmer zurückgezogen, als…mmmh…ich einen Anruf…bekam."

Er stellt mich wieder auf den Boden und nutzt beide Hände, um mein Oberteil über meine Brüste zu heben. Sein Mund geht nun zu meiner linken Brust über, dieses Mal Haut auf Haut, und versetzt mich in Ekstase. Ich schlängle meine Hand nach unten zu der großen Beule in seiner Hose und streichle darüber.

„Werden wir das wirklich tun?", frage ich.

„Ich möchte es. Ich will dich so sehr. Schon so lange Zeit."

„Aber du hast mich kaum jemals angesehen." Mein Kopf schwimmt. Hat der Mann, auf den ich seit über zwei Jahren stehe, gerade gesagt, dass er mich seit langer Zeit…will?

„Du arbeitest für mich. Hast für mich gearbeitet. Was hätte ich da tun sollen?"

„Nun, ich arbeite nicht mehr für dich und ich will dich in mir haben." Ich streichle ein letztes Mal seine Länge hinab, öffne seine Hose und schiebe meine Hand in seine Boxershorts, um seinen prächtigen Penis zu packen. „Hast du ein Kondom?"

Er zieht sich leicht zurück. „Nein. Du?"

„Scheiße. Nein."

„Aber wir könnten sterben. Was, wenn wir in den Tod stürzen? Würdest du nicht lieber mit mir in dir sterben?"

„Und wenn wir nicht sterben?" Ich kann nicht widerstehen und streichle weiterhin seine Härte. Jetzt fühlt es sich an, als würde ich ihn nur necken, aber ich höre nicht auf. „Ich habe eine strenge *'No Cover No Lover'* Regel."

„Aber wir könnten sterben." Ich merke, dass er mich auf spielerische Weise anfleht, und will ihn sogar noch mehr.

Nochmal streichle ich nach unten und sein Schwanz reibt über meinen Unterarm, als ich nach seinen prallen Hoden greife und meine Finger um sie lege. „Keine Sorge, wir können trotzdem noch eine Menge Spaß haben."

„Da hast du verdammt nochmal recht." Er greift nach unten und packt meine beiden Arme an den Handgelenken, hebt sie über meinen Kopf und wirbelt mich herum, sodass ich von ihm abgewandt bin. Er drückt meine Hände hoch über mir an die Aufzugwand und befiehlt: „Beweg dich nicht."

Im Nu zieht er den Reißverschluss hinten an meinem Rock runter und diesen zu meinen Füßen hinab, sodass ich hinaussteigen kann. Der Strom könnte jederzeit wieder angehen, während ich mit nacktem Po an die Aufzugwand gepresst werde, und es ist mir so was von egal. Ich spüre seine Hände meine Beine hoch gleiten und nach meinem roten Spitzenslip greifen. Mein Fehler, vorhin war mein Po noch nicht nackt…aber jetzt ist er es. Und ich hatte recht. Es ist mir scheißegal.

Seine Hände wandern wieder meine Beine hinauf und legen sich um beide Pobacken, wobei seine Daumen in der Nähe meiner Mitte liegen, als er sich erhebt und hinter mich stellt. „Dein Hintern ist so fantastisch, wie ich es mir immer erhofft habe."

Daraufhin kann ich nur erwidern: „Ich bin froh, dass er dir…" Und schon schiebt er seine Härte zwischen meine Pobacken und drückt sich gegen mich. Ich beende meinen Satz mit einem Stöhnen, während er seine rechte Hand zu meinem Bauch führt und sie zu meiner Feuchtigkeit schiebt. Seine Finger gleiten meine Spalte hoch und runter und ich will ihn anflehen, in mich einzudringen. Ein Finger, zwei, drei, ist mir egal.

„Bitte", sage ich, als er einen Finger langsam und kraftvoll in mich drückt. Ich presse meinen Hintern gegen seinen Schritt, aber er zieht seinen Finger raus. „Bitte", flehe ich erneut.

Klatsch. Er schlägt mir mit der Hand, derer er mich gerade beraubt hat, auf den Po und ich kann nicht anders, als es zu lieben.

„Wow." Ich drehe meinen Kopf leicht. „Damit habe ich nicht gerechnet."

„Hast du was dagegen?"

„Nein." Ich kann nicht fassen, was ich sage.

„Gut. Denn ich werde dich zum Höhepunkt bringen und es wird nicht lange dauern, doch ich habe das Sagen. Wir gehen in meinem Tempo vor. Dräng mich nicht. Ich verspreche dir, du wirst es nicht bereuen." Er drückt seinen Schwanz härter gegen mich und bewegt ihn in meiner Poritze hoch und runter.

Seine linke Hand legt sich auf meine linke Brust und er streicht mit den Fingern über die Spitze meiner Brustwarze. Ich bin viel zu abgelenkt von der Wonne, die er meiner harten Spitze verschafft, um zu bemerken, dass sich seine rechte Hand wieder an meiner feuchten Öffnung befindet. Die Dehnung von zwei Fingern, die in mich eindringen, reißt mich aus dem lustvollen Nebel und ich ringe um Atem. Und sein Daumen liegt auf meinem Kitzler, um seine Arbeit zu beginnen.

„Oh, ja", schreie ich und wölbe meinen Hals seinem Mund entgegen, den er sogleich küsst.

Und er hatte recht. Es dauert nicht lange. Er ist ein Mann, der weiß, wie man eine Frau befriedigt. Seine linke Hand massiert meinen Nippel, sein Mund knabbert an meinem Nacken und er stößt seine Finger rein und raus und raus und rein, während er mit dem Daumen meine Klit stimuliert. Als ich meinen Höhepunkt erreiche, reibt er sich fest an meinem Po, wodurch er nicht nur seine, sondern auch meine Lust steigert, während meine inneren Wände sich immer wieder um seine Finger verkrampfen. Ich fühle, wie sehr er in mir sein will und ich will es auch.

Er steht mehrere Minuten hinter mir, streichelt meinen Bauch und knabbert an meinem Hals, während ich wieder zu

Atem komme. Jetzt bin ich dran oder besser gesagt...er. Ich trete zur Seite und hinter ihn, schubse ihn gegen die Aufzugwand und zwinge seine Arme nach oben.

„Heilige Scheiße." Er versucht sich zu mir umzudrehen, doch ich presse seine Hände gegen die Wand. „Du bist schnell."

„Beweg dich nicht." Ich habe den Verstand verloren und weiß nicht, was über mich gekommen ist, aber es ist mir schnuppe. Ich kann ihn nicht in mir haben, aber ich kann ein wenig Spaß mit ihm haben. Ich greife seitlich in seine Hosen und ziehe sie samt Boxershorts zu seinen Knöcheln hinunter. Ich ahme den Pfad nach, den seine Hände mein Bein hoch genommen haben, indem ich meine Hände seine Waden und Schenkel hinauf bis zu seinem Po gleiten lasse. „Dein Hintern ist so fantastisch, wie *ich* es mir immer erhofft habe."

Als ich mich aufrichte, greife ich um ihn und nehme seinen pulsierenden Penis in meine Hand und presse meine Hüften gegen seinen Po. „Oh wow...", sagt er und schaut hinter sich.

Klatsch. Ich schlage ihn auf seine knackige rechte Pobacke und lache fast, weil ich ihn so stark getroffen habe.

„Hey, jetzt aber...", täuscht er Entsetzen vor.

„Still", befehle ich, während ich wieder um ihn greife und seine Härte streichle. „Jetzt habe ich das Kommando und du wirst nicht kommen, bis ich es dir sage."

„Dafür wirst du büßen."

„Versprechen, Versprechen", raune ich in sein Ohr.

Ich schiebe meine linke Hand zwischen seine Beine. Mein Arm reibt über seine Pospalte, während ich nach seinen Eiern greife und sie massiere. Unterdessen streichelt ihn meine rechte Hand ohne Unterlass.

„Oh meine..." Er macht Anstalten, seine Stirn an die Aufzugwand zu drücken und sein Schwanz schwillt in meiner Hand an. Mit der rechten Hand verwöhne ich jetzt seine Eichel, während die linke zwischen seinen Hoden und seinem Schaft vor und zurück wandert. Als seine Stirn die Aufzugwand berührt, gehen die Lichter wieder an und der Aufzug rast nach unten.

„Oh Scheiße." Er wendet sich zu mir und sieht mich an. „Oh Mann, das ist nicht fair."

„Oh mein Gott." Ich drehe mich um und bücke mich, um meinen Slip und Rock zu schnappen.

„Das ist wirklich nicht fair." Ich blicke über meine Schulter und sehe, dass er auf mein nacktes Hinterteil stiert, das sich direkt vor seiner beeindruckenden Erektion befindet.

Ich richte mich wieder auf, beginne in meine Kleider zu schlüpfen und beobachte, wie die Zahlen kleiner werden, wobei ich bete, dass wir nicht anhalten. „Du ziehst besser deine Hose hoch."

Acht, sieben, sechs.

„Steck dein Hemd in die Hose." Ich strecke meine Hand aus und versuche, seine Haare zu richten.

Fünf, vier, drei.

„Dein Lippenstift ist in deinem ganzen Gesicht verschmiert." Sein Daumen fährt in einem hastigen Versuch, die Schmieren zu entfernen, die Kontur meiner Lippen nach. Ein Lächeln breitet sich auf seinem Gesicht aus, als er den Bleistift hinter mein Ohr schiebt.

Zwei, EG.

„Hier, das wirst du brauchen." Ich reiche ihm meinen Lederplaner und blicke auf die massive Beule in seiner Hose.

Ping.

Die Aufzugtüren öffnen sich gerade, als er den Planer vor seinen Schritt hält. Eine Schar unserer Kollegen, die von der Party auf dem Weg zu ihren Zimmern sind, warten darauf, in den Aufzug zu steigen. „Michael." Alan Stephenson, der Chef der Netzwerkabteilung, bleibt vor dem Aufzug stehen, während die anderen einsteigen. „Ich habe nach dir gesucht. Ich habe es auf deinem Handy probiert, aber du bist nicht dran gegangen. Wir haben einen Notfall."

„Wir waren…" Michael blickt zu mir. „Wir saßen im Aufzug fest."

Nach diesem abrupten Stoß in die Realität ist mir das Ganze etwas peinlich und ich nutze die Gelegenheit zur Flucht. „Danke, Michael." Ich deute auf meinen Planer. „Den brauche ich wieder, wenn du alles…unter Kontrolle hast." Ich lächle und wende mich ab.

„Lindsey", ruft Michael.

Ich schaue nicht zurück, sondern winke nur über meine Schulter.

„Lindsey…"

„Bye, Michael." Wenn er nur das Lächeln auf meinem Gesicht sehen könnte. Verdammt, das war heiß. Wahrscheinlich braucht er meinen Planer für eine Woche.

KAPITEL VIER

Lindsey

Ich habe den Aufzug zu meinem Apartment unzählige Male genommen und ich weiß, dass dieses Mal nicht anders sein sollte, aber das ist es. Ich kann nicht aufhören, an die spektakulärste Aufzugfahrt der Menschheitsgeschichte zu denken. Ich bin mir sicher, dass es überhaupt nicht verrückt ist, dass der Gedanke eines fallenden, stromlosen Aufzugs eine warme Welle zu meiner Mitte schickt, die mit der Erinnerung seiner Hand einhergeht...diesen Fingern...und ich seine Abwesenheit spüre. Ich sehne mich nach seiner Berührung, danach seine animalische Lust noch einmal über mich gebeugt zu spüren sowie seinen Körper, der sein Verlangen hinausschreit, in mich einzudringen und mich zu nehmen. Als sich die Aufzugtüren öffnen und ich zu meinem Apartment laufe, spüre ich das Dauerlächeln auf meinem Gesicht. Ich glaube, dass es nicht von meinem Gesicht verschwunden ist, seit ich Michael seinem Notfall überlassen habe.

Anschließend bin ich gleich am Morgen aus Las Vegas

gedüst wie ein One-Night-Stand, der sich aus dem Schlafzimmer schleicht.

Keine Scham, nur Unsicherheit.

Und wenn schon. Ich habe ihm eine kleine Schwindelei aufgetischt. Ich habe meinen Job noch nicht gekündigt, aber ich will es tun. Ich bin mir sicher, dass ich es tun muss. Nicht wegen ihm, nicht wegen dem, was passiert ist, sondern für mich, ganz egal wie sehr ich ihn will und wie gern ich in seiner Nähe bin. Außerdem hat er sehr deutlich gemacht, dass er mich links liegen lassen würde, solange ich für ihn arbeitete. Was hatte ich schon zu verlieren?

Und außerdem…oh Scheiße! Mir fällt gerade ein, dass ich ganz vergessen habe, meine E-Mail an Luke McKenna fertig zu schreiben. Der unbeendete Entwurf wartet noch immer darauf abgeschickt zu werden, als ich mein E-Mailprogramm öffne. Also tippe ich meine Antwort rasch zu Ende.

Luke,

Vielen Dank, dass Sie an mich gedacht haben.

Ich entschuldige mich für die verspätete Antwort. Ich wurde unterbrochen und musste mich um einen Notfall kümmern. Ich würde sehr gerne mit Ihnen zusammenarbeiten. Geben Sie mir so bald wie möglich Bescheid, wo Sie das Event abhalten möchten, denn wir haben nicht mehr viel Zeit. Falls Sie einen bestimmten Veranstaltungsort im Sinn haben, werde ich eine Anzahlung leisten müssen, um ihn zu reservieren.

Mist. Ich habe nicht einmal einen Firmennamen. Also erfinde ich einfach einen und beende die E-Mail mit:

Superior Events and Occasions, Inc.
Lindsey Laverly, CEO

Klingt nach einem Gewinnernamen, wenn man mich fragt. Ich sollte wahrscheinlich überprüfen, ob jemand anderes diesen Namen verwendet, aber fürs Erste habe ich noch damit zu kämpfen, an irgendetwas anderes als mein Rendezvous mit Michael zu denken. Ich habe also meinen Wunsch, zu gehen und meine eigene Firma zu gründen, zeitlich etwas vorverlegt und noch nicht einmal einen unterzeichneten Auftrag. Ich konnte einfach nicht anders. Als mir klar wurde, dass er mich so sehr wollte wie ich ihn, habe ich irgendwie jegliche Beherrschung verloren. Wer könnte mir das schon vorwerfen? Ich verfüge schließlich auch über eine animalische Lust und sie hat eine Weile die Kontrolle übernommen. Er ist heiß, klug, nett, sexy, reich und…oh ja… heiß.

Ich bin immer noch nicht Herrin meiner Sinne. Ich hänge noch in jenem Moment fest und ich schwöre, ich kann nach wie vor seinen Schwanz in meiner Hand fühlen, sowie sein brennendes Verlangen nach meinem Körper, das ihm aus jeder Pore strömte. Doch als ich auf meine Hand schaue, sehe ich, dass ich nur mein Handy und die Schlüssel zu meinem Apartment festhalte. Ich habe keinen blassen Schimmer, wie lange ich schon hier stehe, aber ich blicke nach rechts, wo ich meine Nachbarin Penny vor ihrer Tür entdecke. Sie beobachtet mich und ich grinse sie verlegen an.

„Hey, Lindsey."

„Hi, Penny." Ich schüttle den Kopf, als ich langsam wieder zu Verstand komme.

„Alles okay?"

„Oh ja." Ich lächle, stecke den Schlüssel ins Schloss, drehe ihn um und betrete mein Apartment.

Ich höre Penny aus dem Flur rufen: „Gutes Wochenende?"

„Oh Mannomann", rufe ich zurück, während ich meine Tür schließe. Ich weiß, sie möchte Details hören und vielleicht werde ich sie ihr verraten, vielleicht auch nicht. Das Erlebnis war besonders. Außerdem, wenn ich es irgendjemandem vor Bethany erzähle, wird sie mich umbringen.

Ich lasse meinen Koffer neben der Tür stehen, gehe in die Küche und öffne den Kühlschrank. Milch, Äpfel, Orangen,

Käse. Ich habe eigentlich keinen großen Hunger, weshalb ich zum Sofa gehe und mir die Fernbedienung schnappe. Noch ehe der Bildschirm vollkommen zum Leben erwacht ist, drücke ich schon wieder auf den Powerknopf, um ihn auszuschalten, und greife nach der Zeitschrift auf meinem Wohnzimmertisch. Während ich durch die Seiten blättere, die ich nicht einmal richtig registriere und die mich nicht interessieren, spüre ich mein Herz in der Brust hämmern. Es hat seit der Aufzugfahrt nicht damit aufgehört und damit meine ich nicht die, die ich gerade hinter mich gebracht habe. Sondern die wundervollste Aufzugfahrt...aller Zeiten. Ich konnte seitdem nicht schlafen. Deswegen nahm ich einen früheren Flug von Vegas aus, als eigentlich geplant gewesen war.

Ich stehe aus keinem besonderen Grund auf und sehe mich in meinem Apartment um.

Genug mit diesem Quatsch. Was ist in den Momenten, in denen das Herz wie wild in der Brust pocht, besser als eine Tasse Kaffee? Ich muss diesem einsamen Apartment entkommen. *Get Perky Coffee-Shop* ich komme. Ich schnappe mir wieder meine Schlüssel und eile aus der Tür. Dieses Mal nehme ich die Treppe.

Als ich die Tür des *Get Perky* öffne, klingelt die vertraute Glocke und der Duft gemahlener Kaffeebohnen heißt mich willkommen wie ein zweites Zuhause. Ich fühle mich augenblicklich besser und jegliche Gedanken verflüchtigen sich aus meinem Kopf mit Ausnahme meiner Kaffeeoptionen. Latte mit Zimtgeschmack, fettarmer Vanille Latte oder ein Karamell Macchiato...Entscheidungen, Entscheidungen. Mein süßer, junger Lieblingsbarista steht hinter der Theke und lächelt, als er mich kommen sieht.

„Hey, Chris." Ich flirte für mein Leben gern mit ihm, weil mir das kostenlose Backwaren einbringt.

„Hey, Unruhestifterin."

„Ich?"

„Ja, du. Du hast mir gesagt, deine Freundin würde mich heiß finden." Er schüttelt den Kopf über mich.

Ich kann mir das Lachen nicht verkneifen, als ich mich an meinen kleinen Streich erinnere. „Tja, ich bin mir sicher, sie denkt das. Alle Mädchen tun das."

„Was auch immer… sie ist verlobt. Vielen Dank auch. Das hat mich wie ein Volltrottel dastehen lassen."

„Oh, sie ist nicht wirklich verlobt, sie mag den Kerl nicht mal."

„Nun, sie hat mir einen Korb gegeben, indem sie mit ihrem Ring herumgefuchtelt hat, und ich stand da wie ein Trottel. Also steckst du jetzt in Schwierigkeiten."

„Oh, du liebst mich trotzdem, Chris." Ich ziehe meine linke Augenbraue hoch, um ihn zu necken. „Kann ich einen Latte mit Zimtgeschmack haben?"

Ich hebe mein Handy an den Scanner und bezahle meinen Latte, bevor ich mich zum Warten ans Ende der Theke stelle. Ich hoffe, dass er mir wie üblich einen gratis Scone schenken wird, allerdings habe ich es mit meinem letzten Streich vielleicht etwas zu weit getrieben. Ich glaube aber nicht, dass er es allzu ernst meint.

Eine liebenswerte grauhaarige, kleine ältere Dame, die mir sehr bekannt vorkommt, läuft zu mir und gibt ihre Bestellung auf. Sie trägt ein perfekt aufeinander abgestimmtes rotes Outfit mit roten Lederhandschuhen, roten Stöckelschuhen und dazu passendem knallroten Lippenstift.

„Hallo", sage ich, als sie sich dem Ende der Theke nähert.

„Oh Hallo, Liebes. Wie geht's dir heute?" Ihr Lächeln erhellt den ganzen Laden und meinen Tag und mir fällt wieder ein, wo ich sie schon mal gesehen habe.

„Mir geht's gut. Sind Sie nicht eine Freundin von Bethany?", frage ich.

„Oh ja, sie ist ein wundervolles Mädchen. Du bist ihre Freundin Lindsey, richtig?"

„Ja, freut mich dich kennenzulernen." Ich bin schockiert,

dass sie über mich geredet haben und sie sich meinen Namen gemerkt hat, weshalb ich kein Problem mehr damit sehe, sie zu duzen. Ich strecke meine Hand aus, um sie ihr anzubieten, und sie zieht ihren Handschuh aus, bevor sie meine ergreift. Die Wärme ihrer Berührung ist sofort beruhigend. „Hat Bethany von mir erzählt?"

„Ich bin mir sicher, dass sie das getan hat. Ich weiß jetzt schon, dass wir Freundinnen werden." Sie lächelt, sieht sich im Laden um und deutet auf einen leeren Tisch für zwei. „Würdest du gerne einen Kaffee mit mir trinken?"

„Ähm, sicher. Das wäre toll."

Chris ist damit beschäftigt, Bestellungen aufzunehmen, aber ruft über die Theke. „Geht schon mal vor und setzt euch, Opal. Ich bringe euch eure Getränke."

„Oh Dankeschön, mein Lieber." Opal winkt ihm und geht zu einem Tisch mit zwei Stühlen. Als wir Platz nehmen, legt Opa ihren Mantel und Handschuhe penibel genau zusammen, bevor sie ihren Rock glättet und sich setzt. Ich glaube so langsam, dass sie hier jeden kennt.

„Du kennst Chris?"

„Oh natürlich, er ist so ein netter junger Mann und er kümmert sich so gut um mich."

Ich bin mir sicher, dass Opal einer dieser Menschen ist, der nie auch nur ein schlechtes Wort über jemanden verliert. Sie besitzt diese Art von Würde, die mit Manieren der alten Schule einhergeht, Manieren, die in unserer schnelllebigen, high-tech Welt verloren gegangen zu sein scheinen. Ich finde sie erfrischend und meine Stimmung hat sich gehoben, nur weil ich ihr gegenübersitze.

„Also wie habt ihr euch kennengelernt, Bethany und du?", frage ich sie.

„Oh, lass uns lieber über uns reden. Das wird viel mehr Spaß machen. Erzähl mir, wie war dein Wochenende?"

Es ist, als könne ich nicht anders, als meine Wochenenderlebnisse auszuplaudern und damit höre ich nicht auf. Ich quatsche über meine gesamte aktuelle Lebenssituation und ehe ich mich versehe, ist eine halbe Stunde vergangen, mein Latte fast leer und Opal hat kaum ein Wort gesagt. Oh sie stellt Fragen…dann hört sie zu, stellt mehr Fragen…und hört zu. Ich liebe sie jetzt schon. Ich führte solche Gespräche immer mit meiner Oma, als sie noch lebte, und ich hatte fast vergessen, wie sehr sie mir fehlen. Irgendwie hat mich meine Oma immer in die richtige Richtung gewiesen, indem sie Fragen stellte und zuhörte, ohne ihre eigene Meinung oder Antworten anzubieten. Nach diesen Gesprächen wusste ich immer genau, was ich tun musste.

„Was willst du tun? Was ist für dich am besten?", möchte Opal wissen.

„Ich habe das Gefühl, als sollte ich meinen Job kündigen und das Risiko eingehen. Ich will meine eigene Firma, damit ich mich selbst beweisen und wirklich etwas aus meinem Leben machen kann."

„Und was ist mit diesem jungen Mann, Michael? Er klingt wundervoll."

„Ich denke, das ist er, aber wir können niemals miteinander ausgehen, wenn ich für ihn arbeite. Das wird er nicht zulassen. Und ich fürchte, wenn ich gehe, werde ich ihn nie wiedersehen und er wird mich einfach vergessen."

„Also was denkst du, ist die richtige Vorgehensweise für dich?"

„Mein Herz sagt mir, dass ich tun muss, was für mich das Richtige ist und ich den Erfolg haben sollte, der mir immer vorgeschwebt ist. Und falls Michael und ich tatsächlich dazu bestimmt sind zusammen zu sein, wird schon etwas, ich weiß nicht, magisches geschehen."

„Oh, Liebes, ich stimme zu. Du wirkst wie eine sehr kluge und kompetente Person. Ich bin mir sicher, du wirst Erfolg haben und alles andere ergibt sich dann."

„Ich hoffe es, denn ich habe ihn irgendwie

angeschwindelt. Ich habe ihm erzählt, dass ich gekündigt habe, obwohl ich das noch gar nicht getan habe." Ich blicke auf den Rest Kaffee in meiner Tasse und schäme mich ein wenig, als ich dieser süßen, kleinen alten Dame von meiner Lüge erzähle.

„Das war keine Lüge. Du hast nur die Steine ins Rollen gebracht."

„Das ist eine sehr großzügige Auslegung der Ereignisse." Ich sehe mit einem schuldigen Lächeln wieder zu ihr hoch. „Aber ich denke, dass ich sie akzeptieren werde. Nur, was passiert, wenn ich Erfolg habe und ihn das abschreckt? Ich habe gelesen, dass manche Männer ihr Interesse an einer Frau verlieren, die beruflichen Erfolg hat."

„Hab Vertrauen, Liebes, in dich und in ihn. Meiner Erfahrung nach schüchtert eine erfolgreiche Frau einen Mann nicht ein, der etwas taugt oder es wert ist, Teil ihres Lebens zu sein."

Ich trinke meinen letzten Schluck Kaffee und murmle leise in meine Tasse: „Und der Rest hat winzig kleine Hände."

„Was war das?"

Gott sei Dank hat sie mich nicht gehört. „Oh nichts."

„Es hat mich wirklich gefreut, mit dir zu reden, aber ich muss los." Opal steht auf und legt ihre Handschuhe auf den Tisch, während sie in ihren Mantel schlüpft.

Ich greife nach den roten Handschuhen und reiche sie ihr, nachdem sie ihren Mantel geschlossen hat. „Bitteschön. Vielen Dank für unser Gespräch, es hat mich sehr gefreut, dich kennenzulernen."

Opal streckt eine Hand aus und nimmt meine in ihre. „Glaub an dich, Liebes. Du hast, was nötig ist, um deine Träume wahr werden zu lassen. Hab Vertrauen in dich und die Welt wird sich auf mysteriöse Weise verschieben, um dir bei der Erreichung deiner Ziele zu helfen. All deiner Ziele." Die Wärme ihrer Berührung breitet sich von meinen Händen über meine Arme bis in meine Brust aus und ich ertappe mich dabei, völlig sprachlos zu sein, gefangen in ihrem Blick.

„Hey, Opal." Ich drehe mich um und entdecke meine beste Freundin Bethany, die nach Opal ruft und zu uns läuft.

„Oh Hallo, Schätzchen." Opal lächelt und wendet sich ab, um Bethany zu begrüßen.

„Neue Handschuhe?", erkundigt sich Bethany bei Opal.

„Oh nein, ich habe ein passendes Paar für jedes Outfit." Opal streckt ihre Hand aus und ergreift Bethanys. „Alles hat sich wunderbar gefügt, oder nicht?"

„Besser als wunderbar." Ein attraktiver Mann tritt neben Bethany, aber er sieht überhaupt nicht wie ihr ehemaliger Verlobter aus. Er ist viel heißer und sexyer. Tattoos winden sich unter seinem Hemdkragen empor und seinen Hals hinauf. Das muss der Kerl sein, ihr heißer Hengst von der Arbeit und, oh ja, der Weihnachtsfeier. „Ich möchte dir jemanden vorstellen." Bethany lenkt Opals Aufmerksamkeit auf den heißen Kerl, der jetzt neben ihr steht.

Opal macht allerdings den Eindruck, als würde sie ihn bereits kennen und greift mit ihrer freien Hand nach seiner. „Nun, Hallo, Zach."

„Hallo." Er blickt hinab auf ihre Hand und lächelt über ihre Berührung.

Bethany sieht verwirrt aus und fragt ihn: „Habt ihr euch schon kennengelernt?" Aber Opal unterbricht sie.

„Ihr zwei seid so ein hübsches Paar." Opal lässt ihre Hände los und beginnt, ihre Handschuhe überzustreifen. „Ich freue mich so sehr für euch. Ich weiß, dass ihr zusammen sehr glücklich sein werdet." Dann dreht sie sich um und lächelt mich an. „Liebes, ich habe unser Gespräch sehr genossen. Denk daran, was ich gesagt habe. Wir werden uns wiedersehen."

Ich drehe mich und beobachte, wie sie zur Tür läuft. Ein älterer Gentleman öffnet sie ihr und hält sie auf, während sie hindurchgeht und verschwindet.

„Wer war das?", fragt Zach.

Ich erhebe mich vom Tisch, schaue zur Tür und antworte: „Das war Opal. Sie ist entzückend."

Bethany wendet sich an mich und sagt: „Genau das habe ich auch gesagt, entzückend."

Zach starrt die Tür an, als wäre er tief in einem Traum versunken. „Sie ist entzückend, nicht wahr?"

Der süße Barista Chris kommt zu uns und reicht Zach zwei Getränke. „Hier ist euer Kaffee, Zach."

„Danke, Chris." Zach nimmt ihm die Becher ab und reicht Bethany einen.

Als Zach Bethany ihren Kaffee gibt, komme ich nicht umhin den riesigen Klunker an ihrem linken Ringfinger zu bemerken. Heilige Scheiße. Ist sie wieder verlobt? Jetzt schon? „Was zum Teufel ist das?" Ohne nachzudenken, packe ich ihre Hand und reiße sie vor mein Gesicht. „Was soll dieser Mordsklunker an deinem Finger? Du Miststück, das darf doch nicht wahr sein. Warum hast du es mir nicht erzählt?"

„Es ist erst heute Morgen passiert. Wir hatten noch keine Gelegenheit es irgendjemandem zu erzählen."

Ich freue mich so sehr für sie, dass ich mich nicht zurückhalten kann. Also schreie ich, ziehe Zach in eine feste Umarmung und schüttle ihn so heftig, dass er seinen Kaffee verschüttet. „Willkommen in der Familie, Großer." Ich schaue neben mich und sehe meine beste Freundin, die überglücklich wirkt, und ziehe sie auch in eine Umarmung. „Wir werden so glücklich sein." Ich schüttle Bethany so fest, dass sie ebenfalls ihren Kaffee verschüttet.

Chris sieht zu Boden und seufzt: „Ich schätze, ich werde das hier aufwischen müssen." Er schüttelt den Kopf über mich und läuft weg. „Ich wusste, dass ihr zwei Ärger bedeuten würdet."

Wir lächeln einander an und rufen wie aus einem Mund: „Sorry, Chris."

Ich könnte nicht glücklicher sein für Bethany. Sie ist super lieb, nett und die beste aller besten Freundinnen. Sie verdient es, glücklich zu sein. Der Himmel weiß, dass ihr vorheriger Verlobter ihre Bedürfnisse nicht befriedigen konnte. Aber nach Zachs Gesichtsausdruck zu schließen und dem Leuchten, das sie ausstrahlt, können diese beiden ihre Bedürfnisse gegenseitig prima befriedigen.

Bethany und Zach lösen sich aus meinem Umarmungsangriff, verschränken ihre Arme miteinander und Bethany sagt: „Du musst mit uns ausgehen. Ich kann keine beste Freundin haben, die nicht einmal meinen Zukünftigen kennt. Wir müssen gemeinsam Essen gehen."

„Okay, das machen wir." Ich wackle mit dem Finger vor Zach. „Ich werde dich ausquetschen wie eine Zitrone, bevor du die endgültige Zustimmung erhältst."

„Passt dir morgen Abend?", will Bethany wissen.

„Ich fliege morgen nach Hawaii, schon vergessen?" Ich nehme mir am Ende jeden Jahres eine Woche, um mich am Strand zu entspannen. Der Strand meiner Wahl liegt dieses Jahr in Hawaii und ich kann es nicht erwarten. Ich muss über so vieles nachdenken.

„Das habe ich ganz vergessen. Du hast deinen Urlaub dieses Jahr nach hinten verlegt wegen der Las Vegas Sache."

„Jep und ich habe noch immer nicht gepackt. Also sollte ich wohl mal besser in die Pötte kommen."

„Ruf mich an, wenn du zurück bist." Bethany schmiegt sich an Zachs Seite und nippt an ihrem Kaffee.

„Das werde ich. Hat mich gefreut, dich kennenzulernen, Zach." Ich laufe aus der Tür und meine Gedanken wirbeln wie ein Tornado durch meinen Kopf. Ich freue mich wirklich sehr für Bethany. Sie verdient einen tollen Mann und all das Glück, das sie sich immer gewünscht hat. Und jetzt bin ich mir mehr denn je sicher, dass es auch für mich an der Zeit ist, weiterzuziehen und nach all dem Glück zu greifen, das ich mir immer gewünscht habe.

KAPITEL FÜNF

Michael

Ich parke mein Auto immer in der letzten Reihe des hinteren Büroparkplatzes und fühle mich dabei stets leicht albern. Es gibt jede Menge Plätze, die näher beim Gebäude liegen, zur Hölle, ich habe sogar einen reservierten Parkplatz in der ersten Reihe. Doch wie üblich ertappe ich mich dabei, wie ich nach jeder möglichen Gelegenheit greife, um ein wenig Sport in meinen Alltag zu integrieren. Als ich gestern Nacht am Flughafen ankam, trug ich beispielsweise mein Gepäck, anstatt es auf den mehr als fähigen Rädern zu rollen. Ich weiß nicht, warum ich mir überhaupt die Mühe mache, aber ich tue es. Ich kann nichts dafür, dass ich nicht weiß, wie man faul ist.

Während ich zum Gebäude laufe, öffne ich meine Jacke, um die kühle Morgenluft auf meiner Brust zu spüren. Die kalte Winterluft hüllt mich in ihren kalten Griff und rüttelt mich wach. Es hat mich nie gestört, aufzustehen und zur Arbeit zu gehen, nicht einmal an einem Montagmorgen. Das heißt aber nicht, dass ich einer dieser nervigen ewig fröhlichen Menschen bin, die vierundzwanzig Stunden am Tag, sieben

Tage die Woche widerlichen Enthusiasmus versprühen. Ich liebe einfach Herausforderungen. Ich muss herausgefordert werden oder ich langweile mich zu Tode. Alle nehmen immer an, eine eigene Firma zu besitzen, insbesondere ein Technologie-Start-up, würde locker vom Hocker gehen, es gäbe nur Einhörner und Regenbögen mit einem Topf voll Gold am Ende und einem magischen Leprechaun, der einem Feenstaub ins Gesicht pupst. Nichts könnte weiter von der Wahrheit entfernt sein. Ein Technologie-Start-up zu führen, ist unglaublich anstrengend, ungeheuer riskant und unfassbar stressig. Oft fühle ich mich hundeelend, aber ich kann auch nicht ohne es leben. Außerdem bin ich mir ziemlich sicher, dass diese widerlich gutgelaunten Menschen jeden Abend nach Hause gehen und sich dumm und dämlich saufen.

Wenn ich nach längerer Abwesenheit wieder ins Büro gehe, rattert normalerweise ein ganzer Haufen To-Do-Listen durch meinen Kopf, aber nicht heute. Heute kann ich nur an Lindsey denken. Seit dieser verdammten Aufzugfahrt kriege ich sie nicht mehr aus dem Kopf. Es war nicht die schreckliche Aufzugfahrt, die man erwarten würde, nachdem der Strom ausgefallen und man fast in den Tod gestürzt war. Dieses kurze Tänzchen mit dem Tod war absolut himmlisch. Ekstase in einer eins achtzig mal zwei vierzig großen Metallbox. Seitdem war mein Schwanz hart, wenn auch nicht immer körperlich, aber ganz bestimmt metaphorisch. Ich spüre immer noch ihre Berührung und atme ihren Duft mit jedem Atemzug ein.

Nachdem ich den Angestellteneingang durchschritten habe, wende ich mich nach links, anstatt meine übliche Route direkt die Mitte hoch zu meinem Büro zu wählen. Ich muss an ihrem Schreibtisch vorbeilaufen. Ich muss sie sehen. Eine Abzweigung nach rechts den letzten Gang hinunter und ich schaue nach vorne in der Hoffnung, sie bei der Arbeit an ihrem Schreibtisch zu entdecken. Sie ist nirgends zu sehen.

Scheiße. Wie oft werde ich mir heute eine Ausrede einfallen lassen müssen, um hier vorbeigehen zu können, bevor ich sie an ihrem Tisch erwische? Als ich ihr Büro erreiche, halte ich inne und sehe mich um. Ihr Schreibtisch ist unberührt. Ist sie noch nicht hier?

„Guten Morgen, Mr. Sinclair." Oh gut, ihr Assistent. Perfektes Timing.

„Hey, Chad. Hast du Lindsey gesehen? Ich muss sie sprechen."

„Nein, sie ist nicht hier. Gibt es etwas, das Sie brauchen? Ich bin mir sicher, ich kann das für Sie erledigen." Meine Fresse, dieser Kerl kann wirklich dick auftragen. In meiner Firma bin ich für einen ungezwungenen Umgang, weshalb wir uns alle beim Vornamen nennen und duzen. Chad lässt es sich jedoch nicht nehmen, mich stets korrekt und überförmlich anzusprechen. Ich habe nie verstanden, warum Lindsey ihn eingestellt hat. Er ist so ein Arschkriecher und versucht nicht einmal, es zu verbergen. Es ist nicht unbedingt sein Hilfsangebot, das so nervig ist, aber die Art, wie er es ausspricht, weckt in mir den Wunsch, meine Hände um seinen dürren Hals zu legen.

„Wo ist sie?"

„Oh sie wird heute nicht kommen. Sie ist diese Woche im Urlaub."

„Urlaub? Ist sie direkt von Las Vegas geflogen? Ich habe gestern Morgen im Hotel nach ihr gesucht, aber konnte sie nicht finden." Die Wahrheit ist, dass ich den ganzen Morgen die Lobby stalkte, aber sie nicht sah. Ich verpasste fast meinen Flug, weil ich so lange gewartet hatte.

„Oh sie hat einen früheren Flug genommen und es mir überlassen, die restlichen Angelegenheiten mit dem Hotel zu regeln. Aber keine Sorge, ich habe mich um alles gekümmert." Chad verschränkt die Arme und legt die Stirn in Falten in dem offensichtlichen Versuch, Kompetenz zu vermitteln. „Allerdings war es nicht einfach. Es gab eine Menge zu tun."

„Weißt du, wohin sie gegangen ist?"

„Ich habe keine Ahnung, Sir. Sie kommuniziert nicht gerade gut, aber ich finde dennoch immer einen Weg, alles für sie zu regeln. Was auch immer Sie brauchen, ich bin mir sicher, ich kann mich für Sie darum kümmern."

„Ich denke nicht, Chad." Wenn er nur wüsste. „Okay, danke."

Chad redet weiter, als ich weglaufe, aber ich ignoriere ihn und meine Gedanken kehren zu Lindsey zurück. Hat sie ihre Kündigung eingereicht und ist dann gegangen, um ihre restlichen Urlaubstage aufzubrauchen? Wird sie jemals zurückkommen? Was, wenn ich sie nie wiedersehe? Ich muss sie wiedersehen.

Als ich die vordere Hälfte des Gebäudes erreiche, passiere ich den Konferenzraum und marschiere zu meinem Büro. Meine Assistentin Janice steht dort mit ihrem Tablet in der Hand und wartet auf mich.

„Wo kommst du denn her?", fragt sie, während sie mir ins Büro folgt.

„Was meinst du? Ich nehme manchmal diesen Weg, um vorher einigen Mitarbeitern einen guten Morgen zu wünschen."

„Du kommst nie aus dieser Richtung. Du drehst nie vor dem morgendlichen Briefing deine Runde."

„Tja, ich schlage ein neues Kapitel auf."

„Aha." Janice arbeitet schon viel zu lange mit mir. Sie weiß, wenn ich Quatsch erzähle. „Lass uns einfach sagen, ich glaube dir, und dann loslegen."

„Klingt gut. Sollen wir anfangen?" Mein Morgen beginnt immer mit einer Zusammenfassung der aktuellen Probleme und der Besprechung meiner Termine des Tages. Ohne Janice könnte ich nicht überleben. Sie ist meine Arbeitsehefrau, aber ich nenne sie meine Arbeitsmom und sie hasst es, wenn ich das tue, weil sie nur ein paar Jahre älter ist als ich. Sie ist unschätzbar. Sie sorgt dafür, dass ich meinen Fokus bewahre und in die richtige Richtung laufe.

„Ja, lass uns anfangen." Und sie fängt an. „Alan hat dir heute Morgen eine E-Mail geschickt und mitgeteilt, dass deine Lösung für das Netzwerkproblem anscheinend funktioniert hat, es gab keine weiteren Probleme. Und…"

Janice spricht weiter, doch ich höre kein Wort davon. Ich kann nur an Lindsey und diesen Aufzug denken. Ich kann nur daran denken, die Haut ihres weichen Bauches zu berühren, ihre Nippel unter meinen Fingerspitzen, ihre Pussy, die meine Finger drückt…ihre Hand auf meinem Schwanz…

„Und prall vom Whisky flog Quax den Jet zu Bruch und Fischers Fritze fischt frische Fische." Janice liest nicht mehr von ihrem Tablet ab und sie stoppt, um mich mit einem verärgerten Gesichtsausdruck anzustarren.

„Was?"

„Du passt nicht auf. Du hast ganz offensichtlich kein einziges Wort gehört, das ich gesagt habe."

„Doch, das habe ich."

„Was habe ich gerade gesagt?"

„Ich fürchte irgendetwas über Whisky."

„Genau, das dachte ich mir."

„Können wir später hier weitermachen?" Ich erhebe mich aus meinem Stuhl.

„Was ist los, Michael?"

„Was?", sage ich, während ich mich auf den Weg zur Tür mache. „Nichts."

„Ich kenne dieses Gesicht." Sie steht auf und folgt mir aus der Tür. „Was ist am Wochenende passiert?"

„Nichts. Ich bin bald wieder zurück."

„Du hast heute Morgen Meetings."

„Sag sie ab", rufe ich, während ich weglaufe, zurück zu Lindseys Büro.

Als ich erneut am Konferenzraum vorbeilaufe und um die

Ecke biege, springt Chad aus seinem Stuhl und quatscht mir sofort wieder das Ohr voll, doch ich unterbreche ihn. „Chad, ich muss wissen, wo Lindsey ist."

„Es tut mir leid, Sir, aber ich weiß nicht, wohin sie verreist ist."

„Wer könnte es wissen?"

„Ich habe keine Ahnung."

„Denk nach, Chad. Dein Job könnte davon abhängen."

Ich mache nur Spaß, aber ich schwöre, er macht sich fast in die Hose. „Sie trifft sich fast jeden Tag gegen elf Uhr mit ihrer besten Freundin in einem Coffee-Shop."

„Und welcher ist das?"

„Der kleine Laden ein paar Blöcke die Straße runter. Er heißt *Get Perky*. Warten Sie, ich besorge Ihnen die Adresse." Chad beugt sich über seinen Computer. „Jep, das ist er und ich hatte recht. Er liegt die Straße runter. Die Adresse ist 1418 John Street."

Bevor er den Satz beendet, bin ich schon auf halbem Weg aus der Tür. Ich kenne diesen Coffee-Shop, weil ich jeden Tag daran vorbeifahre. Chad ruft mir hinterher, als ich gehe: „Sir, wenn Sie möchten, dass ich einen Kaffee hole und auf ihre Freundin warte, kann ich das tun. Ich kann Ihnen auch einen Latte mitbringen."

Ich bringe die Strecke zu dem kleinen Coffee-Shop in Rekordzeit hinter mich, stoße die Tür auf und stürze wie ein Irrer in den Laden. Ich muss auch wie einer aussehen, denn alle in dem Laden wenden die Köpfe und beobachten mich, während ich meinen Blick über die Tische schweifen lasse. Mir wird bewusst, dass ich keine Ahnung habe, wonach ich suche und dass ich wie ein verrückter Mann aussehe. Also bemühe ich mich, mich zu beruhigen und mich unter die Leute zu mischen, indem ich mich an die Warteschlange stelle. Der junge Typ an der Kasse scheint keine Eile zu haben und verspürt aus irgendeinem Grund das Bedürfnis, mit jedem Kunden ein Gespräch zu führen. Ich wünschte, er würde verdammt nochmal einen Zahn zulegen. Ich bin schließlich in Eile. Was, wenn ich sie schon verpasst habe?

„Kann ich Ihnen helfen?" Endlich bin ich an der Reihe.

„Ja, kennen Sie Lindsey?"

„Es tut mir leid, was?" Das Namensschild des Typs sieht aus, als hätte ein Kindergartenkind es geschrieben, aber darauf steht "Chris".

„Chris, wissen Sie wo Lindsey ist? Sie kommt ständig hierher und trifft sich mit ihrer besten Freundin."

„Ja, ich kenne Lindsey."

Ich sehe mich rasch im Laden um. „Ist ihre beste Freundin hier? Ich bin Lindseys Boss und ich hatte gehofft, dass sie mir erzählen könnte, wohin Lindsey in Urlaub gegangen ist. Es ist wirklich wichtig. Betriebsnotwendig, wenn sie wissen, was ich meine." Ich kann nicht fassen, dass ich so etwas Dämliches gesagt habe. Ich weiß selbst nicht einmal, 'was ich meine'.

„Sie sind viel zu früh dran. Sie kommen normalerweise nicht vor elf."

Und da dämmert es mir. In meiner Hast bin ich aus dem Büro gestürmt und habe nicht mal auf die Zeit geachtet. „Scheiße." Ich lege die Hände auf die Theke und schüttle den Kopf.

„Möchten Sie etwas bestellen? Sie können gerne hier warten."

Ich will nicht wie ein Arsch rüberkommen, der die ganze Schlange grundlos aufgehalten hat, also bestelle ich: „Einen großen schwarzen Kaffee."

„Das macht 3,59$, bitte."

Ich ziehe einen zwanzig Dollarschein aus meiner Brieftasche und reiche ihn ihm. „Behalten Sie das Wechselgeld."

„Danke." Chris steckt das Wechselgeld in das Trinkgeldglas. „Wissen Sie, Opal redet dauernd mit Lindsey und ihrer Freundin. Sie kann Ihnen vielleicht weiterhelfen."

„Opal?", frage ich.

Chris nickt und deutet zum Eingang. „Die Frau in lila, die allein sitzt."

„Danke, Chris, Sie sind der Beste."

„Ja, das sagen viele."

Ich drehe mich um und entdecke eine ältere Frau, die an einem Tisch sitzt und allein ist. Sie ist von Kopf bis Fuß in ein intensives Lila gehüllt und blickt mir unverwandt in die Augen, während ich auf sie zugehe. Ich lächle, um ihre Stimmung auszutesten, aber sie erwidert das Lächeln nicht. Stattdessen mustert sie mich von oben bis unten, als ich mich nähere. Sie blickt in meine Richtung, ihre Beine sind unter ihrem Rock verschränkt und ihre Hände über dem Knie gefaltet, in denen sie ein Paar lila Handschuhe hält. Ich kann spüren, wie sich ein Kloß in meiner Kehle bildet und ich bin mir nicht sicher, weil ich Angst habe nachzuschauen, aber wahrscheinlich stehen mir auch Schweißperlen auf der Stirn. Das könnte eine Sackgasse sein. „Hi." Meine Stimme quiekt beim Sprechen, weshalb ich mich räuspere und es nochmal probiere. „Ich habe gerade mit Chris dort drüben geredet und er meinte, Sie könnten mir vielleicht helfen."

„Natürlich kann ich das. Setz dich." Sie deutet auf den Stuhl ihr gegenüber und ich setze mich. „Du siehst sogar noch besser aus, als ich es mir vorgestellt habe." Ihre Stimme ist freundlich und beruhigend mit einem leichten Akzent aus dem mittleren Westen.

Ich bin völlig verwirrt. „Es tut mir leid…ich…"

Sie streckt ihre Hand aus, um meine zu schütteln und lächelt. Ein Lächeln, das auf ihren kräftig rot gefärbten Lippen beginnt, sich zu ihren hohen Wangen erstreckt und sich dann zu einem Funkeln in ihren tiefgrünen Augen ausbreitet. „Ich bin Opal." Die Wärme ihrer Berührung dringt bis in meine Brust und die Nervosität, die ich empfand, verfliegt sofort.

„Ich habe mich gefragt, ob Sie vielleicht wissen, wie ich – "

„Hör zu, Michael." Woher kennt sie mich? Meine Gedanken legen den Rückwärtsgang ein in dem Versuch, es mir in Erinnerung zu rufen. Bin ich etwa auf dem Weg zu diesem Tisch ohnmächtig geworden und sie hat in meiner Brieftasche nachgesehen, bevor sie mich wiederbelebt hat? Steht es auf meiner Stirn? Ist sie eine Zauberin? „Du willst mehr über Lindsey wissen."

„Ähhh. Ja?"

„Lass uns über deine Absichten sprechen."

„Ma'am?"

„Das ist richtig, Michael." Sie lehnt sich zurück und verschränkt die Arme. „Lass hören. Was sind deine Absichten mit Lindsey?"

Ich muss es zugeben. „Ich habe ehrlich gesagt nicht so weit gedacht."

Sie nickt mit dem Kopf, als hätte sie das schon die ganze Zeit gewusst. „Nun, jetzt ist ein genauso guter Zeitpunkt wie jeder andere."

Also rede ich mir alles von der Seele. „Seit sie angefangen hat für mich zu arbeiten, konnte ich nicht die Augen von ihr lassen. Ich erfinde zu jeder möglichen Gelegenheit Ausreden, damit ich an ihrem Tisch vorbeilaufen und einen Blick auf sie erhaschen kann. Und das war die reine Hölle, weil ich eine strenge Regel habe. Keine Dates mit Angestellten. Also musste ich das Elend ertragen, jeden Tag in ihrer Nähe zu sein, aber deswegen nichts unternehmen zu können. Ich konnte nicht einmal etwas sagen. Dann steckten wir zusammen in einem Aufzug fest und sie erzählte mir, sie würde kündigen. Wir konnten uns endlich berühren und – "

„Details sind nicht notwendig, Michael."

Ich spüre, wie mein Gesicht heiß wird. „Seitdem kann ich an nichts anderes denken. Ich kann mich nicht einmal auf die Arbeit und meine Firma konzentrieren."

Opal beugt sich über den Tisch und sieht mich eindringlich an. „Sie ist eine sehr intelligente Frau. Wie geht es dir damit? Manche Männer fühlen sich von klugen Frauen bedroht."

„Das ist die Eigenschaft, die ich am attraktivsten an ihr finde", versichere ich ihr. „Und sie ist tough."

„Sie ist auch sehr ehrgeizig. Sie hat eigene Pläne, weißt du."

„Das ist ein absolutes Muss", erwidere ich.

„Und wenn sie sehr erfolgreich wird? Wirst du sie unterstützen – "

„Auf jede Weise, die ich kann", unterbreche ich sie.

Opal lehnt sich zurück und starrt mich eine gefühlte Ewigkeit an. „Du wirst sie in Hawaii, Kauai Island, finden."

Ich springe, ohne nachzudenken, auf die Füße. „Vielen Dank."

Opal steht ebenfalls auf und nimmt wieder meine Hand. „Es war eine Freude, dich kennenzulernen, Michael. Vergiss nicht, ich werde dich im Auge behalten."

„Die Freude war ganz meinerseits, Ma'am."

Ein Mann taucht hinter mir auf und nimmt Opals Mantel. Sein Anzug ist schlicht und im Stil der 40er Jahre, Sonntagskleider der Arbeiterklasse in Sepiatönen. Er ist glattrasiert und hat kurze Haare, die aussehen als käme er direkt von einem Friseurbesuch. Streng, konservativ, nüchtern. Opal dreht sich, als er ihr den Mantel um die Schultern legt. „Ich wünsche dir eine angenehme Reise, Michael."

Ich habe keinen blassen Schimmer, woher dieser Kerl gerade kam und ich bin völlig sprachlos, während ich beobachte, wie er ihr die Tür aufhält und sie nach draußen verschwinden.

Ich schätze, ich fliege nach Hawaii.

KAPITEL SECHS

Lindsey

Besser als das wird es nicht. Sechsundzwanzig Grad und eine leichte Brise, die vom Ozean her weht, die Wärme der Sonne auf der Haut und der Gedanke an alle zu Hause, die sich ihren 'du weißt schon was' abfrieren. Und Sex on the Beach, leider nur in Form des Drinks in meiner Hand, kein echter Sex am Strand…mit meinem Boss. Dennoch gibt es nichts besseres als Hawaii im Winter.

Während ich so daliege und beobachte, wie sich ein weiterer Tag an Surfstunden vor mir entfaltet, lächelt der hoteleigene Surflehrer Colton in meine Richtung. Er ist blond und wirklich süß, hat einen tollen Körper, ist von Kopf bis Fuß braungebrannt und besitzt kein Gramm Körperfett. Aber er ist jung und nur klug genug, um…nun, ein Surflehrer für ein Hotel zu sein. Ja, er ist heiß, aber es fällt mir schwer, ihn ernst zu nehmen. Er ist nicht Michael.

Gedanklich stecke ich noch immer in diesem Aufzug fest. Zum Kuckuck, wahrscheinlich verlasse ich diesen Aufzug nie wieder. Hat schon jemand diese virtuelle Realitätssache erfunden? Darüber sollte ich vielleicht mal mit Michael reden, wenn ich zurückkomme. Er sollte *das* zu seinem nächsten Start-up machen.

Ich hänge wieder einmal Tagträumen nach und starre ins Nichts, doch Colton denkt, ich beobachte ihn. „Hey, Lindsey." Die zwei Kinder, mit denen er an Land Trockenübungen macht, drehen sich in meine Richtung, als er mir winkt.

Argh. Ich bemühe mich, meinen Ärger zu verbergen, als ich zurückwinke. „Hey, Colton." Ich wende mich absichtlich ab und schüttle den Kopf über meine Nachlässigkeit. Ich möchte ihn nicht auch noch ermutigen, denn er braucht das ganz bestimmt nicht. Ich schwöre, ich muss diesen Punkt in meinem Zyklus erreicht haben. Nicht den 'diese Zeit des Monats' Punkt, sondern den Eisprung oder so etwas, denn Colton jagt mir hinterher wie ein Reisebus voller Senioren einem Luau und einer Blumenkette.

„Willst du weiterhin so tun, als würdest du mich nicht beobachten, oder gehen wir heute Abend zusammen aus?" Colton hat seine Surfschüler sich selbst überlassen, damit sie die Bewegungen üben, und steht jetzt über mir, bevor ich Einwände erheben kann.

„Solltest du den Kids nicht deine krassen Moves zeigen?"

„Ich würde lieber dir meine krassen Moves zeigen."

„Im Ernst, Colton. Was genau hast du mit mir vor?" Ich schaue zu ihm hoch und schütze mich mit der Hand vor der Sonne.

„Wie wäre es damit, ich gebe dir eine Stunde, aufs Haus versteht sich. Dann können wir entscheiden, was ich mit dir tun werde. Komm schon, Lindsey, du wirst Spaß haben. Ich verspreche, ich bin ein netter Kerl."

„Ich denke, du bist alles andere als ein netter Kerl." Ich senke meine Hand und wende den Blick ab.

„Einer Menge Mädchen gefällt das."

„Ich bin mir sicher, dass es das tut."

„Nur eine Stunde, ohne Bedingungen. Je nach dem, wie

gut du bist, entscheiden wir dann, wohin ich dich bringen werde."

Bei dieser lächerlichen Bemerkung muss ich erneut hochschauen und meine Augen vor der Sonne schützen… schon wieder. „Im Ernst, du entscheidest dich für diesen Spruch?"

„Jep. Also, was sagst du?"

Ich schüttle den Kopf und drehe mich, um nach dem Kellner Ausschau zu halten. Ich hebe mein leeres Cocktailglas und bedeute ihm, dass ich noch eines möchte. Ich werde mit diesem Kerl keinen Sex am Strand haben, aber wer bin ich, dass ich eine kostenlose Surfstunde ablehne. „Schön, morgen. Um wie viel Uhr?"

„Wie wäre es gegen Mittag? Nach meinen Stunden am Morgen habe ich den Rest des Tages frei."

„Gut, jetzt geh. Du stehst mir in der Sonne."

„Klasse", sagt er, als er sich umdreht und zurück zu Bruder und Schwester geht, die auf weitere 'krasse' Anweisungen warten. „Du wirst es nicht bereuen. Es wird dir gefallen und du wirst mich lieben."

Ich kann nichts dafür, dass ich im Stillen denke, *das glaube ich nicht*. Doch ich lächle und nicke, während er davonläuft. Wer weiß? Vielleicht gefällt mir das Surfen ja, er…eher nicht.

KAPITEL SIEBEN

Michael

Ich schätze, wenn man eine Großfahndung durchführt, gibt es schlimmere Orte, an denen man das tun könnte. Aber ich bin verdammt nochmal am Ende. Der Flug nach Kauai ist ein scheiß langer Flug. Ich habe seit Ewigkeiten nicht geschlafen und zwei Tage damit verbracht, von einem Hotel zum nächsten zu tingeln auf der Suche nach einem Touristen in einem Heuhaufen aus Touristen. Dennoch, es ist Hawaii. Die Schönheit dieser Insel ist unvergleichlich und Gott sei Dank ist sie nicht gerade groß. Wenn ich weiterhin Hotelrezeptionisten besteche, muss ich irgendwann über das richtige Hotel stolpern.

Und wer schaltet heutzutage schon sein Handy aus? Ich meine…ich weiß, dass sie im Urlaub ist und so, aber, guter Gott der Technik-Abhängigkeit, schalte dein verdammtes Handy ein, Lindsey. Dir entgeht hier etwas sehr Wichtiges…Ich.

Noch eine Rechtskurve in meinem beschissenen Mietwagen und schon geht es wieder von vorne los. *Scheiße, Scheiße, Scheiße.* Das wievielte ist das nochmal? Hotel Nummer zehn, zwanzig, zehntausend? Wen interessiert's? Ich habe schon vor langer Zeit den Überblick verloren und bald werde ich einen Bankautomaten suchen müssen, um mehr Bestechungsgeld abzuheben. Und was soll das mit dieser kaum funktionierenden Klimaanlage in diesem verdammten Winzlingsauto? Ich kann fast hören, wie sich Janice im Büro den Arsch ablacht, während ich mein Shirt durchschwitze. Sie liebt es, mir diesen Streich zu spielen. Es ist schon beinahe ein Wettbewerb. Jedes Mal, wenn sie ein Auto für mich bucht, versucht sie mir ein noch schlimmeres Fahrzeug als das letzte zu besorgen. Sie behauptet, dass würde dafür sorgen, dass ich mit den Füßen auf dem Teppich bleibe. Nächstes Mal steckt sie mich wahrscheinlich in den letzten noch fahrenden Yugo der Welt.

Ich linse zu dem gigantischen Schild hoch, während ich auf den überfüllten Parkplatz rolle und auf den ersten freien Platz fahre, den ich finde. Ah, das St. Regis, du siehst wie ein Gewinner Hotel aus, du bist bestimmt das vorübergehende Zuhause einer jungen, heißen Aufzugverführerin. Ich bemerke den Portier am Eingang kaum, als ich durch die riesigen Glastüren trete, um die Lobby zu betreten, und gebe nur ein schnelles „Nein Danke" von mir, als er versucht, mir eine Blumenkette um den Hals zu hängen. *Ich habe schon ein ganzes Auto voll mit denen*, denke ich, *und ich mache keine Witze.*

Klasse, jetzt führe ich schon Selbstgespräche.

Ich halte inne, um darüber nachzudenken, ob ich wirklich den Verstand verliere oder nur Schlaf brauche. Erleichterung überkommt mich, als ich einen freien Rezeptionisten entdecke, der darauf wartet, dass ich zu ihm gehe, falsches Lächeln inklusive. Wenigsten muss ich nicht in einer Schlange warten…erneut.

„Guten Nachmittag, Sir. Wie kann ich Ihnen helfen?" Ich gehe zu dem lächelnden, blassen, sommersprossigen, rothaarigen jungen Mann, der in dem viel zu großen Sakko mit dem aufgenähten Hotellogo schwimmt, und klebe mir mein eigenes falsches Lächeln ins Gesicht. „Möchten Sie einchecken?"

„Nun, das hängt davon ab, ob Sie mir helfen können." Jedes Mal, wenn ich das hier versuche, fühle ich mich wie in einer Szene in einer schlechten Fernsehschnulze gefangen, aber was soll's? Auf ein Neues.

„Ich werde mein Bestes geben, Sir."

„Ich suche nach jemandem, einer Lindsey Laverly. Ich habe mich gefragt, ob Sie mir verraten könnten, ob sie hier verweilt?"

„Es tut mir leid, Sir, mir ist es nicht erlaubt, Informationen über unsere Gäste herauszugeben."

In Erwartung genau dieser Antwort habe ich bereits meine Brieftasche gezückt, ziehe jetzt einen Hundert-Dollar Schein heraus und schiebe ihn über den Tresen. „Ich hatte gehofft, Sie würden eine Ausnahme machen."

Rotschopf blickt von links nach rechts und grinst mich schief an, während er das Geld zu mir schiebt und ich nehme es wieder entgegen. „Es tut mir leid, Mr. Laverly, ich kann Ihnen nicht sagen, ob Ihre Frau hier verweilt."

Hat er mich gerade Mr. Laverly genannt? Sofort will ich ihm das sommersprossige Grinsen aus dem Gesicht schlagen. „Nicht Mr. Laverly. Sie ist nicht meine Frau, sie ist eine Angestellte."

„Ich kann Ihnen trotzdem nicht verraten, ob sie Gast hier ist." Unsicher, wie mein nächster Schritt aussehen soll, das ist immerhin mein letztes Bargeld, wende ich mich ab, um wegzulaufen, während ich den Schein zurück in meine Brieftasche stecke. „Aber ich könnte Ihnen eventuell sagen, ob sie nicht hier verweilt."

„Das wäre toll."

„Mmmm hmmm." Rotschopf räuspert sich, nachdem er wieder von links nach rechts geblickt hat, und fixiert den vorherigen Ruheort des hundert Dollarscheins.

„Sie möchten, dass ich…nur, damit Sie mir sagen, dass sie nicht hier ist?"

Rotschopf zieht eine Augenbraue hoch und sieht wieder nach unten. „Falls…sie nicht hier verweilt."

Ich schiebe das Geld über den Tresen und er reißt es schneller an sich, als ich sagen kann: „Schön, können Sie mir verraten, ob Lindsey…"

Bevor ich Laverly sagen kann, ist seine Suche beendet und mein Geld in seiner Tasche. „Momentan ist keine Mrs. Laverly als Gast in unserem Hotel registriert."

„Und das hätten Sie mir nicht einfach…umsonst erzählen können?"

„Gibt es noch etwas, das ich für Sie tun kann?"

Jetzt bin ich am Ende und verzweifelt. Ich hebe ihm den Zeigefinger vors Gesicht und mache mich bereit, dem kleinen Gauner den Marsch zu blasen, aber ich atme einfach nur aus und laufe davon.

„Haben Sie noch einen schönen Tag, Sir." Er fühlt sich wohl ein wenig schuldig, denn er spricht weiter. „Falls Mrs. Laverly wegen eines entspannenden…Rendezvous hier ist, sollten Sie es mal bei den Hotels in der Nawiliwili Bucht versuchen. Dort ist es zu dieser Jahreszeit viel ruhiger. Die meisten Leute, die momentan im Norden Urlaub machen, sind für den großen Surf-Wettbewerb hier."

„Danke", rufe ich über meine Schulter, während ich zu meinem Mietwagen laufe und mein Handy herausziehe, um eine Suche nach Hotels in der Nawiliwili Bucht zu starten. Dort scheint es Hotels wie Sand am Meer zu geben und es liegt weniger als eine Stunde entfernt, was bedeutet, dass ich vielleicht gerade noch genug Zeit habe, um logistische Unterstützung anzufordern. In diesem Moment fällt mir kein besserer Grund ein, ein Team von Hackern zu meinen Angestellten zu zählen…aber welchem kann ich vertrauen, dass er es in der Firma nicht an die große Glocke hängt?

KAPITEL ACHT

Lindsey

Warum habe ich dem nur zugestimmt? Ich bin nach Hawaii gekommen, um mich in der Sonne zu entspannen, meinen Teint zu verbessern und einige Bücher zu lesen, nicht um Surfstunden bei einem begriffsstutzigen, gerade der Pubertät entkommenen Lustmolch zu nehmen. Und die einzigen Badesachen, die ich mitgebracht habe, bestehen aus verschiedenen Farbvariationen des gleichen minikleinen Bikinis. Als ich so vor dem Spiegel in meinem Zimmer stehe, muss ich mir eingestehen, dass ich in der roten Version, die ich gerade trage, verdammt gut aussehe, zu gut. Ja, er ist knapp, aber ich habe ihn auch nicht gekauft, damit er alles zusammenhält, während ich auf ein Surfbrett hoch und runter springe. Manchmal ist es wirklich tierisch nervig Brüste zu haben. Ich drehe mich zur Seite, um abzuschätzen, wie stark die Mädels an den Seiten herausquellen. Dabei bemerke ich, dass die Schnüre an der Seite der Hose aussehen, als würden sie jeden Moment aufgehen. Ich drehe mich weiter hin und her, betrachte meinen Allerwertesten im

Spiegel und schlage mir selbst gegen die Stirn. Was bin ich nur für eine Idiotin, stehe hier und gebe vor mir selbst an.

Aber ich sehe gut aus.

Was soll ich sagen? Mein einziger Gedanke war, die Bräunungslinien zu minimieren, nicht alles sicher zu verpacken.

Auf keinen Fall, ich kann es nicht tun. Als ich zu meinem Koffer in der Zimmerecke laufe, fallen mir nur Ausreden ein, warum ich nicht gehen sollte. Mein Zimmer ist so schön und ruhig und gemütlich. Das Bett, das mit weißer Bettwäsche überzogen ist, ist riesig und einladend. Die Glasschiebetüren sind geöffnet und führen zu einem Balkon, der den Strand überblickt. Der Geruch des Ozeans, der an den Vorhängen vorbeiweht, füllt das Zimmer, während das Donnern der hereinkommenden Wellen wie ein Metronom schlägt. Ich könnte mich einfach hinlegen und ein Nickerchen halten, Colton vergessen und hoffen, dass er vergisst, dass ich hier bin.

Ja klar, als ob das jemals passieren würde.

Schön. Ich werde seine dämliche Stunde nehmen, nur damit ich ihn endlich vom Hals hätte. Aber nicht in diesem Aufzug. Ich durchwühle meinen Koffer und verhülle mich mit einem T-Shirt und kurzen Sporthosen. Anschließend binde ich meine Haare zu einem Pferdeschwanz und gehe zurück zur Schranktür, um das visuelle Update zu überprüfen.

Ahhh. Viel besser.

Ich lächle die langweilige, unscheinbare Touri-Lady im Spiegel an, schlüpfe dann in meine Flipflops und laufe aus der Tür.

Mein Zimmer liegt nur wenige Schritte von der Treppe entfernt, die zum Erdgeschoss führt. Als ich um eine Ecke biege und zur Lobby laufe, quatscht du weißt schon wer mit der jungen Frau, die an der Bar Drinks ausschenkt. Sie lächelt wie ein flirtendes Schulmädchen, während sie etwas in ein

Handy eintippt. Colton lächelt in meine Richtung, nimmt der Barkeeperin das Handy weg und eilt zu mir. Er schließt mit mir auf, als ich zur Eingangstür laufe.

„Hey, Lindsey. Bist du bereit?", ruft Colton, während er in einem gelassenen, schlaksigen Surferboy Trab in meine Richtung trampelt.

„Bist du dort drüben fertig?", frage ich. „Ich habe doch nichts unterbrochen, oder?"

„Oh, das ist Lucy. Sie ist neu hier. Hab mich nur vorgestellt."

„Und ihre Nummer bekommen?" Ich grinse und ziehe eine einzelne Augenbraue hoch, um ihn wissen zu lassen, dass ich von seinen Spielchen weiß.

„Was? Nein. Sie hat nur gefragt, ob sie mein Handy ausleihen könnte, um etwas nachzuschauen."

„Sicher, Colton." Ich zucke mit den Achseln, denn es ist mir wirklich schnuppe. So schnuppe, wie er es sich nicht einmal vorstellen kann. Ich wünschte nur, er würde mit dieser dauerhaften aggressiven Flirterei aufhören. „Wo fangen wir mit der Stunde an?"

Colton stoppt und mustert mich von Kopf bis Fuß. „Mit den Klamotten willst du üben?"

Ich halte abrupt an und er muss zur Seite treten, damit er nicht gegen mich läuft. „Ist das ein Problem?"

„Nein. Nein, es ist nur – "

„Nur was, Colton?"

„Nun, draußen ist es heiß und ich werde dir ordentlich einheizen und dich zum Schwitzen bringen." Er kann sein dämliches, selbstgefälliges Grinsen kaum zurückhalten.

Ich laufe aus der Tür und er folgt mir. „Vertrau mir, Colton. Ich komme mit allem klar, das du mich machen lässt. Versuch, dich nicht zu sehr zu freuen. Das ist nur eine Surfstunde. Das ist alles."

„Aber es ist eine Surfstunde. Dir ist schon klar, dass du ins Wasser gehen musst und das bedeutet, dass du nass werden wirst. Du wirst Badesachen brauchen." Er lächelt und nickt, als hätte er gerade einen schwierigen Rechtsfall mit stichhaltigen Argumenten vor Gericht gewonnen.

„Darum können wir uns kümmern, wenn es so weit ist." Ich halte an und bedeute ihm, dass er den Weg anführen soll, dann folge ich ihm.

Ich hasse es, das zuzugeben, aber nach dreißig Minuten mündlicher Anweisungen, dem Auf- und Abspringen auf ein Surfbrett am Strand und einer unendlichen Anzahl Surferboy Weisheiten, habe ich doch tatsächlich Spaß. Colton scheint zu wissen, wovon er redet und hat genug Erfahrung und Geduld, um professionell zu wirken, solange er vergisst, dass sein eigentliches Ziel ist, mich in sein Bett zu locken. Wenn er das nicht gerade nach Kräften versucht, kann er ziemlich charmant sein. Er hat ein tolles Lächeln und eine natürliche, entspannte Art an sich. Und verflixt und zugenäht, er sieht wirklich sehr gut aus und hat einen fantastischen Körper. Schon nach kurzer Zeit vergesse ich mich und lasse allmählich meine Verteidigungswände sinken.

„Es fällt mir nicht leicht, das zuzugeben, aber du hattest recht, Colton." Ich zupfe an meinem T-Shirt, um meinem Körper eine leichte Luftzufuhr zu gönnen. „Es ist heiß und ich schwitze wie ein Schwein."

„Also, ich denke, du bist fast so weit, dass du dich in die Tiefen des Ozeans wagen kannst. Du hast aber schon Badesachen unter den Kleidern an, oder?"

Ich kann es nicht länger hinauszögern, also nicke ich und beginne, mein T-Shirt über den Kopf zu ziehen. „Keine Kommentare." Ich stoppe und deute auf ihn, während ich ihm einen halbherzigen Todesblick zu werfe. Er täuscht Furcht vor und verschließt mit den Fingern den imaginären Reißverschluss seiner Lippen. Aber als das T-Shirt zu Boden fällt und ich mich nach vorne bücke, um die Shorts runterzuziehen, kann er sich beim Anblick meines Bikinis nicht mehr zurückhalten. „Oh, Mann. Das nenne ich

Badesachen. Das wird perfekt. Wir sollten noch ein paar Übungsdurchläufe machen und dann ins Wasser gehen."

Natürlich lässt er mich mehr als ein paar Übungssprünge machen. Ich bin mir sicher, ich sehe lächerlich aus, wie ich versuche, meine Brüste in Zaum zu halten, während ich auf meine Füße springe. Und mit jedem Versuch senkt sich seine Stimme um eine Oktave.

„Mmmh, sieht gut aus."

Nicht allzu viel später steht er wie ein Bösewicht aus einem B-Movie da, ein Arm vor der Brust verschränkt, während der andere einen Ziegenbart streichelt, den er nicht hat. So nickt er und beobachtet seine Beute. „Noch ein Mal", sagt er und jetzt schwitzt *er*. „Du bist fast bereit fürs Wasser."

Ich schätze, ich sollte ihm besser Einhalt gebieten, bevor er noch eine vollständige Erektion bekommt. „Ich denke, ich hab's kapiert, Colton." Ich strecke die Hand aus und klopfe ihm sarkastisch und beruhigend auf die Schulter. „Du musst dich abkühlen. Lass uns ins Wasser gehen."

„Hallo, Lindsey", ruft eine sehr vertraute maskuline Stimme hinter mir. Als ich mich umdrehe, um nach dem Mann zu der Stimme zu schauen, der über den Sand zu uns läuft, bin ich sprachlos.

„Michael?"

KAPITEL NEUN

Michael

Gott sei Dank muss ich nicht jedes Hotel der Nawiliwili Bucht abklappern, um herauszufinden, in welchem Lindsey Urlaub macht. Dreißig Minuten nachdem ich meine besten Programmierer um Hilfe gebeten hatte, hatten sie einen Hinweis für mich. Ich weiß nicht, wie sie es gemacht haben und, ehrlich gesagt, will ich es auch gar nicht wissen. Jeder Programmierer, der seinen Gehaltscheck verdient, ist im Herzen ein Hacker und ich beschäftige einige der Besten. Alan schickte mir eine SMS, um mir mitzuteilen, dass Lindseys Handy seit zwei Tagen nicht angeschaltet war, aber dessen letzter Standort das *Garden Isle Hotel und Spa* war. Als ich auf den Parkplatz fahre, wird mir bewusst, dass ich gar nicht darüber nachgedacht habe, was ich eigentlich sagen werde, und ich bemerke eine merkwürdige Empfindung in meiner Brust. Ich glaube, dieses Gefühl habe ich noch nie zuvor verspürt.

Ich glaube, ich gerate in Panik. Ist es das, was dieses Gefühl ist? Und was zur Hölle mache ich hier eigentlich?

Und. Und. Und was zum Teufel werde ich sagen? *Hey,*

Lindsey Baby. Also…ich weiß wir haben zusammengearbeitet und…ich habe kaum mehr als zwei Worte mit dir gewechselt…und obwohl ich schon ewig auf dich stehe, hast du mein ständiges Starren wahrscheinlich nie bemerkt, weil ich es nicht offensichtlich gemacht habe, nicht konnte. Ich konnte es nicht riskieren. Und dann hatten wir fast Sex in einem Aufzug…der beste Beinahe-Sex, den ich jemals hatte…zum Teufel, besser als jeder richtige Sex, den ich je hatte. Und seitdem kann ich nicht aufhören, an dich zu denken. Und ich denke, ich habe mich in dich verliebt. Aaa…rgh.

Ihre Antwort wird zweifellos sein: *Zieh Leine du Psychostalker, der mir den ganzen Weg bis nach Hawaii gefolgt ist. Ich rufe die Polizei.*

Und daher sitze ich in meinem schrecklichen Mietwagen, schwitze und bin gleichzeitig wie festgefroren. Mein Rücken fängt an, an den Imitatledersitzen kleben zu bleiben, während meine rechte Hand zu kribbeln beginnt. Ich erinnere mich an mein Gespräch mit Opal, der liebenswürdigen älteren Dame aus dem Coffee-Shop, und ich weiß, was ich tun muss. Ich verlasse das Auto wie ein geölter Blitz und starte meine Mission. Ich muss sie finden. Sie muss hier sein und sie muss die Meine werden.

Als ich über den Parkplatz marschiere, schwellen Hoffnung und Freude in meiner Brust an. Ich weiß, dass ich das richtige tue und dass Lindsey auch nur an mich gedacht und auf mich gewartet hat. Das muss einfach so sein. Ich weiß, wir sind füreinander bestimmt und ich kann es nicht erwarten, sie zu finden.

Sie wird wahrscheinlich wissen wollen, warum ich so lange gebraucht habe, um hierher zu kommen.

Ich ziehe die Hoteltür auf und ein Schwall kühler, angenehmer Luft umhüllt mich und lädt mich ein, einzutreten. Das muss das richtige Hotel sein. Ich kann ihre Anwesenheit fast spüren.

Sogar der Anblick der langen Menschenschlange, die auf ihren Check-in wartet, dämpft meinen Optimismus nicht. Das wird mir Zeit verschaffen, mir einen Grund zu überlegen, warum man mir bestätigen sollte, dass sie hier wohnt und mir um Himmels willen verraten sollte, wo sie ist. Ich werfe einen Blick aus der Hintertür der Lobby, die zum Strand führt und da springt Lindsey hoch, die Arme ausgestreckt als würde sie fliegen. Was zum Teufel geht da vor sich? Sie weiß schon, dass sie am Strand ist, oder?

Und dann entdecke ich ihn.

Wer ist der Sack mit der gesunden Bräune und warum hält er die Hand meines Mädchens und hilft ihr das Gleichgewicht zu finden…am Strand?

Ich bin wieder wie festgefroren.

Ehe ich realisiere, dass ich mich im Zombie-Stil durch die Schiebetüren bewegt habe, stehe ich auch schon auf der hinteren Hotelterrasse und starre sie ungläubig an.

Sie reden und lachen miteinander und er… er bringt ihr das Surfen bei. Wie ekelhaft. Ich schätze, ich habe mich mit der 'nur an mich denken'-Geschichte geirrt. Sollte ich mich einfach umdrehen und sie ihm überlassen? Habe ich die ganze Reise umsonst gemacht?

Ich glaube, mir wird schlecht.

Ich packe einen Stuhl und beobachte sie entsetzt.

Ehe ich mich versehe, eskaliert die Krise. Sie zieht sich vor ihm aus und steht jetzt so gut wie nackt in einem der winzigsten Bikinis vor ihm, den ich jemals gesehen habe. Seine Augen verschlingen ihren wundervollen Körper und jetzt werde ich sauer, aber sie sieht verdammt gut aus. Ich erhasche einen besseren Blick auf das, was mir im Aufzug entgangen ist. Ich spüre, wie mein Schwanz länger wird und ich denke, das passiert nicht nur bei mir. Mr. Gebräunter Gott aller Schwanzträger lehnt sich zurück und saugt jede Bewegung ihres kurvigen Körpers in sich auf, während sie auf seinen Befehl aufspringt und sich hinschmeißt.

Ich kann es nicht länger ertragen. Ich muss etwas tun. So wird diese Scheiße nicht ablaufen. Aber zuerst…brauche ich einen Drink. Ich muss gelassen, gefasst und gleichmütig aussehen.

Ja klar, Idiot. Du bist den ganzen Weg nach Hawaii geflogen, weil du gleichmütig bist.

„Kellner", brülle ich. „Rum und Cola auf Eis, keine Zurückhaltung beim Rum."

Ich sitze und grüble und beobachte. Gerade als der Kellner mit meinem Drink zurückkehrt, schließt der Saftsack die Lücke zwischen ihnen und stoppt ihr Training.

Scheiße, sieht so aus, als würden sie sich auf den Weg zum Wasser machen wollen.

Entweder jetzt oder nie. Zeit, meinen Zug zu machen, mein Territorium zu markieren und diesen Wichser zu verscheuchen. Ich bin auf den Beinen und laufe über den Sand, bevor ich mir auch nur überlegt habe, was ich sagen soll. *Oh, hey, Lindsey, du bist auch hier? Verrückt, Baby. Oh, ja ich komme ständig hierher. Was für ein Zufall. Blah blah blah.* Komm schon, Mann, du hast das im Griff, lass dir etwas Intelligentes einfallen. Ach Scheiße, sie hat gerade seine Schulter angefasst. Jetzt ist Showtime.

Das Einzige, das mir einfällt, platzt aus mir heraus: „Hallo, Lindsey." Und hoch fährt meine selbstbewusste Fassade, weil sie es muss. Das ist nun mal das, was ich mache. Das ist meine Welt und Surferboy muss aus ihr verschwinden.

„Michael?" Sie sieht kurzzeitig schockiert aus, aber dann breitet sich das offene, freundliche Lindsey-Lächeln auf ihrem Gesicht aus und ich kann erkennen, dass sie sich wirklich freut mich zu sehen. „Was zum Kuckuck machst du hier?"

Ich kann nicht anders, als zu dem Arsch mit Brustmuskeln zu schauen, der noch immer ungläubig bei uns steht, und Lindsey bemerkt es. „Michael das ist Colton, der Hotelsurflehrer. Colton das ist mein…das ist Michael."

Surflehrer…des Hotels, puh. Erleichterung durchflutet mich und ich fühle mich sofort besser, aber er muss trotzdem gehen. Ich kann seine Erektion, die er nur hat, weil er sie beobachtet hat, praktisch fühlen, und sie ist mir im Weg. „Freut mich, dich kennenzulernen, Colton. Würde es dir etwas ausmachen, uns einen Augenblick allein zu lassen?"

Lindsey setzt der unangenehmen Situation für mich ein Ende. „Ja, danke für die Stunde, Colton. Ich denke, ich habe genug für einen Tag."

Colton scheint die Botschaft zu verstehen und nimmt eine professionelle Haltung an. „Danke, Ms. Laverly. Wenn Sie die Stunde später fortsetzen möchten, lassen Sie es mich wissen." Er bückt sich, um das Surfbrett hochzuheben, und schleicht sich.

Ich kann mir das Lächeln nicht verkneifen, als ich mich wieder Lindsey zuwende.

„Michael." Sie zuckt mit den Schultern und verschränkt die Arme vor ihren fantastischen, bikiniverhüllten Brüsten. „Was zum Teufel machst du hier in Hawaii?"

Mein nicht ganz so sorgfältig durchdachter Plan endete irgendwie vor einer Minute. „Ähm." Plötzlich verspüre ich den Drang, den Sand anzustarren und meinen Kopf zu kratzen…als würde das helfen. „Ich brauche einen Drink. Wollen wir uns einen Drink holen?"

„Michael, du hast einen Drink." Sie deutet auf das feuchte Glas in meiner Hand. „Ich denke, ich sollte mir einen Drink besorgen." Sie macht sich auf den Weg zur Hotelterrasse, bückt sich, um ihre Kleider aufzuheben, dreht sich dann wieder zu mir und läuft rückwärts weiter. „Wirst du mir folgen?"

Ich werde von dem Lichtstrahl in Bewegung gesetzt, den dieses Lächeln und dieser Bikini bedeckte Körper in Bewegung darstellen. Ich habe nicht die Kraft, um Widerstand zu leisten. „Warum sollte ich jetzt damit aufhören?"

KAPITEL ZEHN

Lindsey

Ich kann es nicht fassen. Wie und warum ist der Mann meiner Träume, der Mann der Aufzug-Fabelhaftigkeit, magisch mitten in meinem Traumurlaub aufgetaucht? Ich schäme mich plötzlich ein wenig, dass ich so aus der Stadt gerannt und verschwunden bin, nachdem ich ihn in so einem Zustand zurückgelassen hatte. Ja, das ist mir definitiv ein bisschen peinlich. Ich hätte ihm wenigstens eine E-Mail schreiben und ihm mitteilen sollen, wo ich sein würde, wie lange ich weg sein würde…etwas, irgendetwas.

Warte.

Er ist nur mein Boss. Ich habe meinen Urlaub weit im Voraus beim Personalbüro eingereicht. Ich habe die Regeln befolgt. Ich muss mich wegen nichts schuldig fühlen.

Ja, Lindsey, aber du hattest fast Sex mit dem Mann. Argh, was soll ich tun? Was? Soll? Ich? Tun?

Als ich den Sand hinter mir lasse und auf die Betonterrasse trete, wirbeln meine Gedanken wild durcheinander. Ich habe absolut keine Ahnung, was ich jetzt tun soll. Und ich fühle mich äußerst nackt. Ich stoppe am ersten Tisch für zwei, an dem ich vorbeilaufe, und ziehe mein T-Shirt über, bevor ich mich bücke, um in meine Shorts zu schlüpfen, während Michael jede meiner Bewegungen beobachtet…in völligem Schweigen. Klasse. Warum?

„Darf ich Ihnen beiden einen Drink bringen?" Gerettet vom Kellner.

„Ja, ich nehme einen Wodka Sour." Ich blicke zu Michael, der mich anstarrt, aber in einer anderen Welt verloren zu sein scheint. „Michael, möchtest du noch etwas?" Es sieht nicht so aus, als hätte er auch nur einen Schluck von dem Glas in seiner Hand getrunken.

Er schüttelt den Kopf und während sich ein verlegenes Grinsen auf seinem Gesicht ausbreitet, hebt er sein Glas auf Augenhöhe. „Ich bin versorgt."

„Sollen wir uns setzen?" Ich deute auf den zweiten Stuhl. Der Bistrotisch für zwei ist eine hohe Variante aus schwarzem Metall mit einer Keramikplatte und einem frischen Blumenstrauß in der Mitte. Ich klettere auf den Stuhl, der mir am nächsten steht, wobei ich meine Augen nicht von seinen abwende. Sein Blick ist unnachgiebig, unerschütterlich. Ich schinde etwas Zeit, indem ich an meinen Kopf fasse, den Haargummi von meinem Pferdeschwanz ziehe und meine Haare offen über meine Schultern fallen lasse. Der Haargummi landet zur Sicherheit um mein Handgelenk und er starrt immer noch. „Du bist den ganzen Weg nach Hawaii gekommen, um weder etwas mit mir zu trinken noch zu reden?"

„Du siehst wunderschön aus." Er schüttelt den Kopf, als würde er versuchen einen klaren Kopf zu bekommen. „Sorry."

„Du musst dich niemals dafür entschuldigen, mir das zu sagen."

Er hebt sein Getränk hoch und lächelt mich über den Rand

seines Glases an, ehe er seinen ersten Schluck nimmt. „Dieser Bikini hat mich etwas aus der Bahn geworfen." Als er sein Glas abstellt, starrt er es an und zuckt mit den Achseln. „Aber um ehrlich zu sein, liegt es nicht nur am Bikini. Du siehst klasse aus."

Wow, ich habe ihn noch nie so erlebt. Er ist bezaubernd… aber ich habe nach wie vor keinen Schimmer, was hier los ist. „Michael, warum bist du hier? Ich bezweifle, dass du den ganzen Weg hierhergekommen bist, um mir meinen Planer zu bringen." Ein schiefes Lächeln schiebt sich auf mein Gesicht. Ich muss ihn einfach foppen. Ich liebe es, ihn zu foppen.

„Gott sei gedankt für diesen Planer. Ich brauche ihn erst seit kurzem nicht mehr."

„Weißt du, Michael, wenn eine Erektion länger als vier Stunden anhält…"

Er nickt und trinkt noch einen Schluck. „Du bist wirkungsvoller als jede Pille."

„Und trotzdem hast du meine Frage noch nicht beantwortet."

„Ich muss zugeben, als ich dich mit diesem Kerl sah… Ich dachte, ich würde heute einen Surfer verprügeln müssen im *Point Break* Stil. Ich bin den ganzen Weg hierhergekommen, um die ganze verdammte Insel gefahren, hab mich in einem beschissenen Mietwagen zu Tode geschwitzt und da warst du, hast gelächelt und geflirtet und hattest ein Date."

„Warte, warte. Ich habe nicht geflirtet und das war kein Date."

„Nun, von dort, wo ich stand, sah es aus wie eines. Er hat auf jeden Fall mit dir geflirtet und dann hast du deine Klamotten ausgezogen und du hast ihn angefasst. Ich musste wirklich all meine Selbstbeherrschung aufbringen, um mich zusammenzureißen."

„Michael, du bist mein Boss. Wir haben außerhalb der Arbeit kaum miteinander gesprochen und ich habe zwei Jahre für dich gearbeitet. Zum Teufel, wir haben selbst auf der Arbeit kaum miteinander geredet. Du hast nie auch nur in meine Richtung geschaut. Wovon redest du?"

„Aber der Aufzug…" Er hält inne und ich unterbreche ihn.

„Der Aufzug war unglaublich, aber das hätte nicht passieren sollen. Ich habe noch nie zuvor so etwas gemacht und wir kennen uns nicht einmal richtig."

„Ich habe zwei Jahre lang nichts anderes gemacht, als dir hinterherzuschauen. Nicht so, dass du es bemerken würdest, aber ich habe es getan und ich will dich besser kennenlernen. Ich habe das Gefühl, als würde ich in der Arbeit nichts anderes tun, als dich anzuschauen. Ich lasse mir alles Mögliche einfallen, nur damit ich an deinem Büro vorbeilaufen kann. Ich finde dich unglaublich, intelligent und hübsch und nett und… Das möchte ich, ich möchte dich wirklich kennenlernen. Das muss ich einfach und ich bin den ganzen Weg hierhergekommen…"

Mir schwirrt der Kopf. Hat er das gerade wirklich gesagt? Der Kellner kommt mit meinem Drink zurück und ich habe das Gefühl, als sollte ich ihn mir besser über den Kopf schütten, anstatt ihn zu trinken, nur um sicherzugehen, dass ich wach bin und nicht träume. „Wie hast du mich gefunden?"

„Opal und ein paar Hacker." Er nickt und trinkt einen Schluck. „Übrigens, wer schaltet sein Handy für mehr als zwei Tage aus?"

Opal? Kennt diese Frau etwa jeden? Ich bin völlig verwirrt. Ich kann mich nicht daran erinnern, dass ich Opal erzählt habe, wohin ich verreise und wie bitteschön konnte mich ein Hacker finden, wenn mein Handy ausgeschaltet war. „Wenn ich im Urlaub bin, dann wird das Handy ausgeschaltet. Warte, hast du mir einen Peilsender verpasst oder so etwas?"

„Hmmm… Nein, aber mir gefällt die Idee." Ein hinreißendes Grinsen breitet sich auf seinem Gesicht aus. „Opal erzählte mir, dass du auf Kauai bist und ich beschäftige zufällig jede Menge sehr schlauer Leute. Sie haben dich in diesem Hotel aufgespürt."

Verdammte Technik-Freaks. Ich werde Alan in die Kronjuwelen treten müssen, wenn ich zurückkomme… oder ihm eine fette Umarmung schenken. „Woher kennst du Opal? Ist sie nicht entzückend?"

„Ich habe sie erst kennengelernt, aber ja, sie ist entzückend." Ich schaue auf den Drink in meinen Händen, während Michael über den Tisch greift und meine Hand in seine nimmt. Ein warmer kribbelnder Schauer rast meine Hand hoch und bis in meine Brust. „Lindsey, lass uns einander besser kennenlernen."

Etwas sagt mir, dass das alles furchtbar schief gehen könnte und es so viele Gründe gibt, warum ich ihm sagen sollte, dass er sich umdrehen und nach Hause gehen soll, aber ich kann einfach nicht. „Wann willst du anfangen?"

Michael steht auf und hält nach wie vor meine Hand fest, während er mir in die Augen blickt. „Ich werde mir ein Zimmer besorgen und mich umziehen. Dann treffe ich dich hier in einer Stunde. Wir werden zusammen zu Abend essen und vielleicht am Strand spazieren gehen?"

„Abgemacht. Wir haben ein Date", antworte ich und laufe zur Hotellobby.

Michael geht zum Empfangsschalter, während ich in einem Nebel aus Verwirrung, Unsicherheit und Freude zu meinem Zimmer schwebe. Ich kann nicht fassen, dass er hier ist und den ganzen Weg nur wegen mir auf sich genommen hat. Ich muss verrückt sein und noch schlimmer, er muss verrückt sein. Ich stehe auf meinen Boss, den ich nicht daten kann. Und anscheinend will er mich auch, aber ich bin eine verbotene Frucht, seine Angestellte. Und verdammt nochmal, er muss natürlich ein anständiger Kerl sein. Der einzige Kerl in der ganzen Welt, der sich an seine Moralvorstellungen hält und keine Angestellten datet. Und um das Ganze noch schlimmer zu machen, habe ich ihn angelogen. Er denkt, dass ich kündige… weil ich ihm das erzählt habe. Und jetzt weiß ich nicht, ob ich es tun kann. Ich will es tun, aber ich habe eine Scheißangst. Zu kündigen, bedeutet, alles aufs Spiel zu setzen und niemand wird da sein, um mich zu retten, falls ich versage. Ich werde die Sicherheit eines zuverlässigen Gehaltsschecks verlieren, jeden Cent, den ich jemals verdient habe, investieren und für was? Die Chance, alles zu verlieren, eine Bruchlandung hinzulegen und noch schlimmer, Entfernung und Zeit zwischen mich und den Mann zu bringen, der um die halbe Welt geflogen ist, für mich.

Ich kann nicht kündigen.

Ich weiß, wenn ich die Firma verlasse und er mich nicht mehr jeden Tag sieht, werde ich beschäftigt sein und er ist bereits tierisch beschäftigt. Zeit und Entfernung werden sich in den Vordergrund drängen und unsere Verbindung, unser Band, so neu und zart wie es ist, verkümmern lassen.

Und wenn ich nicht gehe, kann er mich nicht daten, wird er mich nicht daten.

Ich bin völlig geliefert.

„Alles in Ordnung, Miss?" Das Zimmermädchen hat seine Arbeit im Gang unterbrochen und beobachtet mich jetzt, wie ich vor meiner Zimmertür stehe und den Türgriff anstarre, als wüsste ich nicht, wie er funktioniert. Sie sieht aufrichtig besorgt aus.

„Ja, mir geht's gut." Als ich meine Tür öffne und das Zimmer betrete, wird mir klar, was ich tun muss.

Ich brauche Bethany. Ich brauche meine beste Freundin. Ich muss sie anrufen.

Meine Finger fliegen über das Zahlenfeld des Hotelsafes, in den ich mein Handy für die Dauer meines Urlaubs verbannt habe, und es kann mir nicht schnell genug zum

Leben erwachen. Als das Display aufleuchtet, öffnet sich eine E-Mail-Benachrichtigung von Luke McKenna:

Betreff: Dringend. Angebot fällig bis zum Geschäftsschluss am Montag.

Scheiße. Bis dahin sind es nur noch achtundvierzig Stunden.

KAPITEL ELF

Michael

Der Sand unter unseren Füßen ist noch warm von der Hitze des Tages, obwohl sich die Sonne dem Horizont nähert und sich die Dunkelheit der Nacht langsam über die unglaublich schöne Insel senkt. In meiner Eile, sie zu finden, raste ich von Hotel zu Spa, Spa zu Luxusresort und hielt nicht einmal zum Essen an, geschweige denn um die Schönheit von Kauai zu bewundern. Die Farben, die Wärme der duftenden Luft, das Knacken des Lagerfeuers und das Gelächter der Hotelgäste, die Ooh und Aah machen, während sie einem Feuerjongleur zuschauen, vermischen sich und löschen den Stress des Festlandlebens aus. Das orangene Glühen, das die untergehende Sonne von der Ferne ausstrahlt, legt sich wie eine Decke über die grünen und üppigen exotischen Pflanzen, die überall wachsen. Als Lindsey und ich vom Hotel weglaufen, wird das Gelächter leiser und vom Rauschen der Wellen gedämpft, die sich der entspannten Atmosphäre des Abends unterworfen zu haben scheinen. Sie rollen immer noch im Takt mit dem abnehmenden Licht heran, aber leiser.

Das Abendessen ist wundervoll. Perfekte Portionsgrößen,

die den Appetit stillen, einen jedoch nicht zum Überfressen verführen, genauso wie unser Gespräch. Jeder von uns trägt ein Sektglas in der Hand, das in ein weißes Tuch gehüllt ist, um die Kondensationstropfen aufzufangen, unser letztes Getränk vom Abendessen. Die entspannte Inselatmosphäre ist berauschend und ich werde immer euphorischer, während ich ihr Blicke zu werfe, aber sie ist ruhig und nachdenklich geworden und blickt auf den Ozean hinaus. Die Haut ihres langen Halses und ihrer nackten Schultern leuchtet förmlich im gedämpften Licht und ihre Haare wehen in der hereinkommenden Brise. Ihre Sandalen baumeln von ihrer Hand, wodurch ihre Füße nackt sind und in lange gebräunte Beine übergehen, die immer wieder an den Seiten ihres knöchellangen Rockes hervorblitzen, der um ihre Hüften geschlungen ist und Schlitze bis zu den Schenkeln hat. Ihr Bauch ist entblößt und ihre fantastischen Brüste sind in ein leichtes Top gewickelt, das sich über ihrer Brust kreuzt und im Nacken verschnürt ist.

Ich will ihre Hand nehmen und mit ihr spazieren, bis ich es nicht länger ertragen kann und der Vorfreude erlaube, der Leidenschaft zu weichen. Anschließend will ich sie in den Sand legen und langsam diesen dünnen Stoff wegziehen, während ich mich ihren hübschen Körper hinabarbeite.

Doch sie hält mich auf Distanz, fast schon absichtlich. Sie ist tief in Gedanken versunken.

Als könnte sie meinen Blick auf sich spüren, ruft sie, ohne nachzuschauen: „Alles in Ordnung, Michael?"

„Ja, mir geht's gut, aber wo warst du?"

„Was meinst du?", fragt sie.

„Du warst irgendwo anders. Beschäftigt dich noch etwas, etwas, mit dem ich dir helfen kann?"

„Nein, ganz und gar nicht." Ich kann spüren, dass sie etwas zurückhält. „Ich habe nur den Sonnenuntergang bewundert."

„Okay. Du hast beim Abendessen lockere

Gesprächsthemen gewählt, was perfekt war, aber jetzt ist es an der Zeit. Erzähl mir von dir. Wer bist du, Lindsey Laverly? Woher kommst du? Wo warst du? Wohin gehst du? Was sind deine Hoffnungen und Träume?"

„Wow." Sie hält einen Augenblick an. „Du willst das wirklich alles wissen."

„Wir sagten doch, wir würden einander kennenlernen wollen."

„Okay, dann fängst du an." Sie zieht eine Augenbraue hoch und läuft davon.

Ich folge ihr und beginne. Ich habe nichts dagegen, dieses Spiel zu spielen. Für mich ist das leicht. Mein Leben wurde für alle öffentlich zur Schau gestellt und mit jedem neuen Start-up, Börsengang oder Verkauf auf der Titelseite des Businessteils ausgebreitet. „Ich bin ein offenes Buch, fast im wahrsten Sinne des Wortes. Ich bin von jedem Journalisten im Umkreis von tausend Meilen mit Fragen gelöchert und genauestens unter die Lupe genommen worden. Das, was du siehst, bekommst du auch."

„Oh nein." Sie wackelt mit dem Finger vor mir herum. „So leicht kommst du mir nicht davon. Erzähl mir, wie du aufgewachsen bist, wo du aufgewachsen bist, von deiner Familie. Warum machst du das?"

„Warum mache ich was?"

„Hab dich nicht so. Du weißt, was ich meine. Einfach alles."

„Nun, ich will dich ja nicht zu Tode langweilen, aber ich wuchs in der idealen amerikanischen Familie auf. Mom und Dad sind noch immer verheiratet. Ich bin das älteste von vier Kindern. Ich habe einen jüngeren Bruder und zwei jüngere Schwestern. Niemand hasst sich. Wir treffen uns alle an allen Feiertagen zu Hause, weißer Lattenzaun, Hund im Vorgarten, Baumhaus im Garten. Wir waren nicht reich, aber mussten auch nie hungern. Mom ist Lehrerin, Dad Ingenieur. Die meisten von uns landeten auf einem Ivy League College, einschließlich mir."

„Wow. Milchbubi Michael. Ich hatte ja keine Ahnung. Klingt aufregend."

Ich kann nicht fassen, dass sie mich so genannt hat, allerdings kann ich es ihr auch nicht übelnehmen. Mein Leben wirkt fast schon zu ideal, sogar in meinen Ohren. „Hey, hör zu. Ist es das, was dich scharf macht? Aufregung? Gefahr? Unterschätz mich nicht, Missy, ich bin sehr gefährlich. Ich bin bekannt dafür, eine ganze Schüssel Popcorn zu essen…ganz allein…und danach nicht einmal Zahnseide zu benutzen."

„Oh meine Güte. Was würdest du nur tun, wenn ein Stückchen in deinem Zahnfleisch stecken bleibt und du weißt es nicht? Es könnte…es könnte…sich entzünden, Michael. Dein Leben könnte in Gefahr sein."

Ich strecke die Brust raus und hole tief, übertrieben Luft. „Ich bin gewillt, das Risiko einzugehen. Ich bin ein echter Adrenalin-Junkie."

„Oh und du schließt Milliarden Dollar Deals ab und baust ungeheuer erfolgreiche Firmen auf."

„Das ist nichts." Ich winke ab.

„Ja, denn jeder macht das." Sie lächelt.

„Genau. Jetzt bist du dran, damit ich mich über dich lustig machen kann."

„Oh, du willst nichts über mein Leben hören. Danach wirst du über alle Berge fliehen wollen. Ich besudle eventuell deine obere Mittelklasse-Kindheit und Elite-Jetsetter-Status."

Ich bin leicht schockiert, dass sie so ablehnend reagiert und verstummt. Sie macht beinahe den Eindruck, als würde sie sich schämen. Anstatt sie zu bedrängen, warte ich und wir laufen eine Weile, bevor sie anfängt. „Man kann getrost sagen, dass ich nicht in einer idealen amerikanischen Familie aufwuchs. Wir waren in Wahrheit immer nur einen halben Schritt vom Pappkartonhaus entfernt. Meine Mom tat, was sie konnte, aber als Schulabbrecherin verdiente sie nie viel Geld und wir hatten immer damit zu kämpfen, Lebensmittel zu kaufen und den Strom zu bezahlen. Aber sie war eine sehr gute Mom. Sie hatte zwei Jobs und jeder Cent, den sie verdiente, ging an meinen Bruder und mich. Sie gab nie Geld für sich aus. Doch sie konnte sich auch nicht in mehrere Teile zerreißen, weshalb Jonathan und ich viel Zeit allein verbrachten. Sie trichterte uns aber immer ein, dass es keine Option war, nicht aufs College zu gehen. Seit ich mich erinnern kann, redete meine Mom darüber, dass wir aufs College gehen würden, als wäre das selbstverständlich. Erst in der Junior High begriff ich, dass nicht jeder aufs College geht. Und so war ich die Erste in meiner Familie, die aufs College ging, und die Erste, die ihren Collegeabschluss machte."

„Und dein Vater?", frage ich.

„Hab ihn nie richtig kennengelernt. Er ging, als ich drei war und ich sah ihn nie wieder. Ich habe irgendwo dort draußen ein paar Cousins, aber ich kenne sie nicht wirklich. Meine Großeltern sind alle tot, genauso wie meine Onkel und Tanten." Sie hält inne, als wäre sie sich unsicher, ob sie weitererzählen sollte oder nicht. „Fabrikarbeit, Alkohol und Drogen gehören in meiner Familie zusammen. Keine Kombination, die zu einem langen Leben führt. Also lernte ich schon früh, dass Alkohol mit Vorsicht zu genießen ist. Ich trinke offensichtlich trotzdem ein bisschen, aber Drogen habe ich nie angerührt."

Ich stoppe und nehme ihre Hand, um sie zu mir zu drehen. „Das ist gut, Lindsey."

„Ja, aber ich habe mein ganzes Leben damit verbracht, meine Zukunft von meiner Vergangenheit zu trennen." Sie sieht zu Boden und weg von meinen Augen. „Das kann manchmal ganz schön einsam sein. Und der Großteil meiner Familie, diejenigen, die mich liebten, sind tot. Vom Rest musste ich mich distanzieren. Ich konnte nicht wie sie leben."

Ich fühle den Schmerz in ihrem Herzen und wünsche mir, ich könnte ihn ihr nehmen. Sie hatte ein hartes Leben, aber hat genauso hart gearbeitet, um über sich und ihre Umstände hinauszuwachsen. Und sie ist nett, hat ein optimistisches Herz. Ich kann es spüren. „Nun, ich bin jetzt hier."

„Für ungefähr fünf Minuten, Michael. Du hast keine Zeit für mich."

„Wovon redest du?" Ich nehme auch ihre zweite Hand in meine. „Ich habe dir gesagt, dass ich dich kennenlernen möchte und das möchte ich wirklich. Ich weiß, du bist eine wundervolle Person und ich werde nirgendwo hingehen. Du musst nicht vor mir davonlaufen." Ich lege eine Hand an die Seite ihres Gesichts und hebe ihre Augen zu meinen, dann drücke ich meine Lippen auf ihre und küsse sie tief.

KAPITEL ZWÖLF

Lindsey

Guter Gott, dieser Mann hat weiche Lippen und er riecht so toll. Unsere Zungen erforschen leidenschaftlich den Mund des anderen, doch ich kann nur denken, *was in Dreiteufelsnamen tust du da, Lindsey?* „Warte eine Sekunde, Michael. Stopp." Ich trete einen Schritt zurück.

Alles, was ich möchte, ist ein wenig Zeit, zwei Sekunden, um mich zu sammeln. Es ist beinahe so, als würde mein Körper denken, wir wären wieder in diesem Aufzug und würden jetzt beenden, was wir begannen. Eine sengende Hitze ist von meiner Mitte meine Schenkel hinabgerast. Also konzentriere ich mich auf meine Atmung. Zeit, die Dinge zu verlangsamen und auf den Resetknopf zu drücken, denn so nicht. Die Situation wird sich nicht auf diese Art weiterentwickeln. Ich will es nicht düster und traurig, das ist nichts für mich. Klar, ich hatte es nicht gerade einfach, als ich jünger war, aber damit beschäftige ich mich nicht länger. Doch hier bin ich, in den Armen meines umwerfenden, reichen Bosses, während die Sonne an einem Strand im

Paradies untergeht, und ich bekomme einen Mitleidskuss. Nie im Leben.

Ich bin die fröhliche, optimistische, lebhafte Lindsey. Dieser Mann muss mich wollen, weil ich intelligent, hübsch, sexy, witzig und all die anderen wundervollen und fantastischen Dinge bin, die ich bin. Dann können wir uns heißem Sex widmen.

„Ist alles in Ordnung?" Er wirkt aufrichtig besorgt.

„Ja, ich meine nein. So darf es nicht sein."

„Du willst, dass ich aufhöre?", fragt er.

„Definitiv nicht. Aber ich möchte nicht, dass du Mitleid mit mir hast oder dich um mich sorgst. Ich brauche keinen Helden, der mich rettet. Ja, ich hatte eine weniger ideale Familiensituation, aber das habe ich hinter mir gelassen, mich damit abgefunden und weitergemacht. Und klar, ich fühle mich von Zeit zu Zeit einsam, aber das ist okay. Wer tut das nicht? Die meiste Zeit, selbst damals, war ich glücklich und optimistisch. So bin ich einfach."

„Ich weiß das, Lindsey, das macht einen großen Teil dessen aus, wegen dem ich mich zu dir hingezogen fühle." Er hält einen Moment inne. „Also müssen wir diese Sache wieder umkehren. Wie stellen wir das an?"

„Ich könnte mich wieder über dich lustig machen. Das muntert mich immer auf."

„Okay, was hast du auf Lager?" Er bedeutet mir mit den Händen, dass ich anfangen soll. „Lass hören."

„Hießen deine Eltern Ward und June? Haben sie dich Beaver genannt? Denn du siehst irgendwie wie er aus."

„Autsch." Michael bricht in Gelächter aus und schüttelt den Kopf. „Das tut weh. Aber ja, meine Mutter hat das Haus in Stöckelschuhen und Perlen gesaugt."

„Ich liebe das."

„Das Witzige ist, dass ich wirklich einen Freund namens Whitey hatte." Er sagt das so ernst, dass ich nicht weiß, ob er die Wahrheit erzählt.

„Das hattest du?"

„Ne." Er lächelt und wir laufen weiter. „Ich habe so oft Wiederholungen der Serie angeschaut, dass ich Alpträume davon hatte, in einer Kaffeetasse auf einem Werbeplakat festzustecken."

„Ich liebe diese Serienwiederholungen. Ich bin früher immer so lange aufgeblieben und habe mir die Serien angeschaut, dass meine Mom super wütend wurde. Hattest du wirklich Alpträume davon?"

Er lächelt und schüttelt verneinend den Kopf. „Sollen wir noch leichtgläubig zu deiner fröhlich und optimistisch Liste hinzufügen?"

Ich remple ihn mit der Schulter. „Du Idiot."

Er tut wieder so, als wäre ich viel stärker als er, und stolpert zur Seite. Genau in dem Moment, als ich ihn schubse, verlischt die LED-Beleuchtung, die die Grenze des Strandes markiert, der zum Hotel gehört. Und so stehen wir nur noch im schwindenden Licht der untergehenden Sonne. „Vielleicht sollten wir uns über deine gewalttätigen Tendenzen unterhalten. Ich glaube, du hast irgendeine Art Superkraft. Du tötest Strom."

Ich weiß nicht, wie oder warum der Strom ausgefallen ist, aber ich sehe es definitiv als Zeichen. „Das ist nicht meine Superkraft." Nachdem ich zu ihm geschlendert bin, nehme ich sein Sektglas und stelle es mit meinem in den Sand. Dann greife ich um seine Taille und ziehe seine Hüften an meine. „Ich werde dir meine Superkraft zeigen."

Sein Mund drückt sich wieder an meinen und mein Körper wird sofort von Hitze durchflutet. Als ich seinen Penis hart an meinem Bauch spüre, kann ich das Stöhnen nicht stoppen, das meiner Kehle entwischt, und ich presse mich fest an ihn. Ich will ihn nackt vor mir haben, seinen Schwanz in der Hand fühlen, während ich mich an ihm reibe und ihn necke. Dieses Mal werde ich seine Härte in mir haben und ich weiß, dass er es auch will. Seine Atmung ist hektisch geworden, während er seine Zunge gegen meine drängt und mit den Händen durch meine Haare fährt.

Ich stoppe ihn, bevor wir zu weit gehen. Ich will ihn nicht nochmal enttäuschen, aber ich muss fragen, weil ich nicht darauf vorbereitet gewesen war, dass er hier auftauchen würde. „Michael." Ich stoppe ihn. Er ist kaum zu bändigen und fast ungläubig, dass ich ihn warten lasse.

„Ja, ich habe eines mitgebracht." Er klopft auf seine Hemdtasche und ich stürze mich auf ihn. Ich schiebe meine Zunge in seinen Mund und greife um ihn, um seine rechte Pobacke zu packen und ihn dicht an mich zu ziehen. Als er stöhnt, schmelze ich dahin. Ich bin so feucht und will, dass er jetzt in mich eindringt.

Er dreht uns und zieht mich nach unten, sodass ich mit ihm im Sand liege. Während wir uns küssen, wandert seine Hand nach oben und liebkost meine Brüste. Meine Nippel sind so hart, dass seine Finger sie mühelos durch das Wickeltop finden. Das blauweiße Top kreuzt sich in der Mitte meiner Brust und windet sich dann um meinen Hals, sodass es jede Brust einzeln hält. Es ist sexy und ich sehe gut darin aus, aber ich wünschte, er würde es mir einfach vom Körper reißen. Er tut es nicht. Er lässt sich Zeit und macht mich verrückt. Er hört auf, meinen Mund zu küssen und stemmt sich hoch, um sich über mich zu beugen.

„Du siehst wunderschön aus", sagte er, während seine Finger die Außenseite des Tops nachfahren, sanft meine Haut berühren und den Stoff sachte nach unten schieben. Ich erschaudere, als er meine Nippel erreicht, sie der Nachtluft aussetzt und sich herabsenkt, um meinen rechten Nippel in den Mund zu nehmen. Als er mit der Zunge dagegen schnalzt, schließe ich die Augen, neige den Kopf nach hinten und wölbe mich ihm entgegen, sodass die harte Spitze noch tiefer in seinen Mund gedrängt wird. Meine Atmung beschleunigt sich, weshalb er stoppt und ich stöhne lauter.

„Hör nicht auf", keuche ich.

Er scheint entschlossen, sich Zeit zu lassen und ich werde verrückt. Er richtet sich auf und seine Finger nehmen wieder ihre Arbeit auf und schieben den dünnen Stoff über meine Brüste, um sie vollständig zu entblößen. Er schiebt jede Seite zur Mitte und meine Brüste quellen heraus, als sie befreit werden. Der Stoff befindet sich nun unter und zwischen ihnen.

„Warum ziehst du es nicht aus?" Es fühlt sich an, als würde ich betteln, und ich glaube, ihm gefällt das.

„Auf keinen Fall. Lass es so. Mir gefällt das." Er richtet sich auf und bewundert den Anblick meiner frisch entblößten Haut, die das abnehmende Licht reflektiert. Er führt beide Hände zur oberen Hälfte meiner Brust und lässt sie nach unten über meine Brüste gleiten. Meine steifen, harten Spitzen richten sich auf, um jedem Finger entgegenzukommen, wenn er sie berührt, und erschaudern, wenn er vorbeistreicht. Er senkt seinen Mund auf meinen vernachlässigten linken Nippel, um ihm die Aufmerksamkeit zu schenken, nach der er sich sehnt. Anschließend geht er zu meiner Körpermitte über, gerade unterhalb des zusammengeschobenen Stoffs meines Tops. Er atmet ein, um meinen Duft aufzunehmen, während er mit der Nase über meinen weichen Bauch reibt und knapp unterhalb meines Bauchnabels leichte Küsse verteilt.

Dann stemmt er sich wieder nach oben, um mich zu betrachten. „Ich denke, du hast das perfekte Outfit ausgesucht. Ich habe noch immer nicht aufgehört, darüber nachzudenken, wie ich es dir ausziehen soll." Er greift nach unten, um den Anfang des fließenden Sarongs zu finden, den ich als Rock benutze, und hebt den Stoff an, um den weißen Seidentanga darunter freizulegen. „Ich hatte recht, das ist das perfekte Outfit", fährt er fort.

Seine Finger widmen sich geschickt der Herausforderung, die Seite meines Sarongs zu öffnen, und ich bin beeindruckt. Selbst ich habe häufig Schwierigkeiten mit den Knöpfen. Er öffnet den Rock, breitet ihn zu beiden Seiten meines Körpers aus und rutscht nach unten, um meine Beine zu küssen. Ich spreize meine Knie und rolle die Hüften zurück, sodass er Zugang zu der weichen Haut meiner Innenschenkel hat. Als er von einem Schenkel zum nächsten wandert, stoppt er jedes Mal, um die Naht des seidigen Tangas zu küssen. Ich weiß nicht, wie er es macht, aber jedes Mal, wenn seine Lippen auf mir landen, trifft er dabei auch meine Klit, die er mit jeder Berührung fester drückt. Ich winde mich wegen seiner Geduld qualvoll unter ihm.

Als wüsste er das, richtet er sich erneut auf und bewundert sein Werk, wobei er mir in die Augen starrt. Er streckt die Hand aus, fährt langsam mit den Fingern den Saum an der Seite meines Tangas nach und schiebt den Stoff zur Seite, wie er es auch bei meinem Top gemacht hat. Als er meine feuchten Schamlippen freilegt, schiebt er einen Finger in mich. Ich bin im Glück, als er meinen Kitzler mit seinem Daumen bedeckt und massiert, während sein Finger rein und raus pumpt.

„Michael", rufe ich.

Und dann legt er sich neben mich, wobei er nie seine Hand wegnimmt. Er drückt seinen Mund auf den Nippel, der ihm am nächsten ist, und legt einen Arm über meine Brust, sodass er meine andere Spitze mit seiner freien Hand bearbeiten kann, während die andere das Tempo ihrer Rein- und Rausbewegungen in meiner Öffnung beschleunigt. Es fühlt sich an, als würde er mich mit seinen kräftigen Armen fixieren, was mich noch mehr antörnt. Ich schaukle mit den Hüften, drücke sie fest in seine Hand und er senkt seinen Handballen, sodass er hart auf meine Klitoris gepresst wird. Unterdessen erhöht er das Tempo immer mehr, rein und raus, hoch und runter. Dieser Mann ist ein Künstler und ich bin atemlos in seinem Griff.

Er hebt seinen Mund, um mich zu küssen, doch ich kann nicht länger warten. Also drücke ich ihn auf den Rücken und werfe mein Bein über ihn, um mich auf ihn zu setzen. Jetzt bin ich an der Reihe. Ich beuge mich über ihn, um ihn zu küssen, und streichle mit den Händen unter seinem Hemd nach oben zu seiner wundervollen Brust. Ich nehme mir eine Sekunde, um seine Brustwarzen mit den Fingerspitzen zu liebkosen und sage: „Darauf habe ich gewartet. Seit unserer Aufzugfahrt konnte ich nur an das hier denken."

Ich rutsche nach unten, öffne den obersten Knopf seiner Shorts und ziehe den Reißverschluss nach unten. Seine Unterhose platzt beinahe aus allen Nähten, weil sein gieriger Schwanz darum kämpft, sich zu befreien. Ich entferne seine Shorts und Boxershorts, ein für alle Mal, und schleudere sie zur Seite, um seinen prächtigen Penis zu befreien. Er schließt die Augen und dreht stöhnend den Kopf, als ich mit beiden Händen seinen Schaft hoch und runter streichle. Oh wie sehr ich es doch lieben würde, ihn zu necken, aber ich tue es nicht. Ich beuge mich nach unten und nehme seine ganze Länge zwischen meine Lippen. Ich gleite mit meinem heißen Mund seine Härte hoch und runter, wobei ich jedes Mal innehalte, wenn meine Zunge um seine Spitze fährt. Ich bringe meine rechte Hand zwischen seine Beine, um seine Hoden zu massieren, und bin schockiert. Sie sind so angeschwollen, dass es sich anfühlt, als würden sie jeden Moment platzen. Sein Schaft wird immer größer und härter, sofern das überhaupt möglich ist, aber ich möchte nicht, dass er kommt, zumindest noch nicht. Daher höre ich auf.

Ich greife in seine Tasche, um das Kondom herauszuziehen, und dann muss ich es einfach sagen: „Wow. Hast du nicht…du weißt schon…seit dem Aufzug."

Er öffnet die Augen und sieht mich ungläubig an. „Ich war etwas zu sehr damit beschäftigt, nach dir zu suchen."

„Du armer Mann." Ich kann es fast nicht fassen. Wie hat er überhaupt schlafen können?

Ich starre in seine Augen, öffne das Kondom und positioniere es auf seiner Eichel. Er steht so kurz vorm

Höhepunkt, dass er zuckt, als ich den Latex seinen Schaft hinabrolle. Ich beobachte die Lust, die ihm meine Berührung verschafft, ausgesprochen gerne. Er wendet nie den Blick von mir ab.

Ich stehe auf und drehe mich von ihm weg, um mich nach vorne zu bücken und meinen Tanga auszuziehen. Ich bücke mich mit gerade durchgedrückten Beinen, halte dann einen Moment inne, damit ich ihn mit dem Anblick meines Hinterns quälen kann.

„Du bist ein böses, böses Mädchen", ruft er vom Sand. „Ich weiß, was du da machst."

„Beschwerst du dich etwa?", frage ich, während ich mich über ihn knie und seine Härte in die Hand nehme.

Er schließt die Augen und dreht wieder den Kopf weg. „Nein", ist alles, was er hervorbringt.

Ich führe seine gewaltige Schwanzspitze zu meiner Feuchtigkeit und spüre allmählich einen leichten Druck an meiner Öffnung, als ich anfange, mich auf ihn zu senken.

Aus dem Augenwinkel erhasche ich einen kurzen Lichtblitz, bevor die LED-Lichter wieder aufleuchten und ich höre, dass sich Stimmen nähern. Viele Stimmen und sie kommen schnell näher. Ich flippe aus, springe von ihm und mit einem Satz in meinen Sarong, den ich um mich festbinde. Dann ziehe ich den Stoff meines Oberteils wieder über meine Brüste.

„Nein. Nein. Neeeiiin", ruft Michael protestierend. „Das ist absolut nicht cool. Nicht schon wieder."

Zu dem Zeitpunkt, an dem er seine Proteste beendet, haben uns zwei Familien fast erreicht. „Michael, die haben Kinder dabei. Du musst dich bedecken."

„Wo sind meine Klamotten?" Er sucht verzweifelt danach, aber in meiner leidenschaftlichen Eile habe ich sie in einen nahegelegenen Busch geworfen.

„Wir haben keine Zeit. Dreh dich um." Ich rolle ihn zur Seite, springe auf seine gegenüberliegende Seite und lasse mich zu Boden fallen, um den Blick auf sein nacktes Hinterteil zu verbergen. Ich verdecke so viel von ihm, wie ich kann, mit meinem Sarong.

„Genau das, was ich wollte", murrt er. „Mit meinem Schwanz im Sand stecken."

„Na, Hallo", ruft uns einer der Familienväter in einem rollenden Südstaatenakzent zu. „Genießt ihr den Abend?"

„Ja, er ist wunderschön", antworte ich.

„Wundervoll", ruft Michael sarkastisch und hebt den Kopf.

„Die Kinder wollten an den Strand gehen und spielen. Also dachten wir, wir bringen sie für eine Weile her, da wir heute erst angekommen sind und all das. Hoffe, ihr habt nichts dagegen."

„Ganz und gar nicht, viel Spaß", erwidere ich und bete, dass sie nicht Michaels Shorts im Busch entdecken.

Während Michael und ich die beiden Familien beim Spielen beobachten, sind wir beide sprachlos und perplex von unserem fortwährenden Pech. Je länger wir hier sitzen müssen, desto mehr denke ich, dass mir vielleicht jemand etwas zu sagen versucht. Vielleicht soll es einfach nicht sein. Die sexuelle Leidenschaft kühlt langsam ab und mein Kopf klärt sich allmählich. Ich sehe meine gesamte Situation klar und deutlich vor mir.

„Ich kann das nicht tun, Michael", verkünde ich.

„Was meinst du?", fragt er.

„Ich meine, vielleicht soll es einfach nicht sein. Schau dir nur all die Zeichen an. Und ich arbeite für dich. Wir können das nicht tun."

Er sieht zu mir hoch. „Wir werden das tun, zumindest werden wir es versuchen. Und ich dachte, du hättest gekündigt."

„Nun, das habe ich. Ich meine, ich werde es tun. Glaube ich." Ich weiß nicht, was ich ihm sagen soll und brauche einen Moment, um meine Gedanken zu sammeln. „Ich habe

Angst. Mir hat sich eine tolle Gelegenheit geboten, zu gehen und meine eigene Firma zu gründen, aber das bedeutet auch, alles aufs Spiel zu setzen, meinen Job und jeden Penny, den ich besitze. Wenn ich versage, könnte ich alles verlieren und ich habe nichts und niemanden, der mich auffangen könnte. Aber es ist mein Traum und ich werde ein Angebot für einen riesigen Auftrag bei einer sehr wichtigen Firma abgeben und wenn ich ihn bekomme, muss ich kündigen, was bedeutet, dass ich dich nie wiedersehen werde. Aber wenn ich den Auftrag nicht kriege, werde ich noch immer für dich arbeiten, was bedeutet, dass du nicht mit mir zusammen sein kannst. Wir sollten es einfach jetzt beenden."

„Warum würdest du mich nie wiedersehen? Wir können dafür sorgen, dass es funktioniert."

Ich schüttle den Kopf. „Du weißt, wie beschäftigt ich sein werde und so beschäftigt, wie du bist…da besteht einfach keine Möglichkeit."

„Für wen ist das Angebot?", erkundigt er sich.

„Luke McKenna von Excel Ventures."

„Ich kenne sie gut. Sie haben sich bei zwei meiner Firmengründungen an der Finanzierung beteiligt. Ich kann ein gutes Wort für dich einlegen. Lass mich dir helfen. Ich werde in dich investieren."

Und da wird mir bewusst, wie wichtig es ist, dass ich gehe. Ich muss das für mich tun und zwar allein. Ich werde Michaels Respekt nicht haben oder Respekt für mich selbst, wenn ich es nicht versuche. Ich kann seine Hilfe nicht annehmen. Dann wäre es nicht das Gleiche und er kann nicht anders, als mir helfen zu wollen und sich einzumischen. Ich strecke meine Hand aus, schnappe mir die Stoffservietten der Sektgläser und benutze sie, um seinen nackten Hintern zu verdecken. Dann stehe ich auf und drehe mich zu ihm.

„Michael, verstehst du nicht? Ich will deine Hilfe nicht. Ich muss das für mich tun, ohne dass mir ein Mann hilft. Michael, du musst mich nicht retten."

„Aber warum, Lindsey? Hör zu, jeder braucht eine kleine helfende Hand, sogar ich hatte eine. Niemand ist allein erfolgreich."

„Aber ich werde es schaffen, Michael. Ich muss gehen. Sie brauchen mein Angebot in weniger als zwei Tagen. Ich muss zurückgehen." Ich hasse den Gedanken, ihn zu verlassen, aber ich drehe mich um und laufe davon.

„Lindsey, warte", brüllt er, aber kann nicht aufstehen, ohne sich vor den zwei Familien, die in der Nähe spielen, zu entblößen. Er wird dort wahrscheinlich eine Weile festsitzen und ich nutze diesen Vorteil, um zu fliehen. „Gottverdammt. Nicht schon wieder", höre ich ihn fluchen, als ich weglaufe.

Ich werde meinen Job kündigen und ich werde diesen Auftrag an Land ziehen. Ich bin gewillt, alles auf eine Karte zu setzen, denn ich muss es tun. Jetzt gibt es kein Zurück mehr.

KAPITEL DREIZEHN

Michael

Als ich an der Straße vorbeifahre, in die ich eigentlich links abbiegen sollte und die ich jeden Tag nehme, weil sie mich zum Büro bringt, gelingt es mir fast, mich davon zu überzeugen, dass das nur ein Versehen war. Allerdings bin ich ein schrecklicher Lügner, insbesondere vor mir selbst. Ich nehme es mir nicht ab. Ich weiß genau, wohin ich fahre und kann einfach nicht anders. Es ist, als würde sie mich zu sich ziehen. Der Gedanke, einen Blick auf sie zu erhaschen, ist wie ein Magnet, der mich fest im Griff hat und nicht loslässt.

Es ist zwei Tage her, seit sie mich sitzen gelassen hat. Wiedermal.

Ich war verloren im Lindsey-leeren-Raum, gelähmt, fand keine Kraft mich zu bewegen, während ich von schreienden Touristen umkreist wurde. Ich finde immer noch Sand zwischen meinen Pobacken und den Falten um die Jungs. Die zwei Stunden, die ich dort lag, bevor die Touristen endlich gingen, fühlten sich wie eine Ewigkeit an. Okay, wenn ich ehrlich bin, und ich versuche immer ehrlich mit mir selbst zu sein, lag ich wahrscheinlich nur dreißig Minuten dort. Mein beschämender Sprint zum nächsten Busch, aus dem ich meine Shorts fischte, und der lange Marsch der Erniedrigung zurück zum Hotel ließen mir genügend Zeit, um darüber nachzudenken zu ihr zu gehen, doch ich tat es nicht. Ich weiß… nein, ich glaube, dass meine beste und vielleicht auch einzige Chance, sie für mich zu gewinnen, darin besteht, sie gehen zu lassen, ganz egal wie schmerzhaft das ist. Ich kenne das Geschäft und ich kenne Ehrgeiz. Ich verstehe ganz genau, was sie durchmacht und ich wäre ein gigantischer, idiotischer Heuchler, wenn ich mich ihr in den Weg stellen würde.

Dennoch will ich sie sehen. Also drossle ich die Geschwindigkeit, so weit ich kann, als ich mich dem *Get Perky* nähere aus dem verzweifelten Wunsch heraus, durch das getönte Glas nur einen Blick auf sie zu erhaschen.

Und… nichts. Verdammt. Also auf zum Büro und ich wage es zu hoffen…

Doch wem mache ich hier etwas vor? Sie ist nicht dort, nicht, wenn sie genau die Person ist, für die ich sie halte, von der ich hoffe, dass sie sie ist, von der ich weiß, dass sie sie ist.

Ich parke auf meinem üblichen Platz und als ich meinen Marsch über den Asphalt beginne, übernimmt der Business-Teil meines Gehirns das Kommando. Es ist beinahe so, als wäre der Parkplatz eine lange Türschwelle, deren Überquerung meine Gedanken und Atmung beruhigt. Die Liste setzt sich in meinem Kopf zusammen. Alles, was ich in meinem morgendlichen Briefing mit Janice anzusprechen gedenke. Sie ist eine knallharte Assistentin, weshalb ich mich jeden Tag auf sie vorbereite, als wäre sie der Feind. Sie kann eine ernstzunehmende Gegnerin sein und wenn man nicht bereit ist… reißt sie einem den Arsch auf. Und auch wenn sie das niemals zugibt, weiß ich, dass ihr das eine kranke und verdrehte Freude verschafft. Die einzige Ablenkung, die sich fortwährend in meine Morgenroutine drängt, ist die Frage nach dem 'linken Lindsey Umweg'… soll ich es tun oder soll ich es nicht tun.

Natürlich…tue ich es.

Als ich nach der Türklinke greife, um das Gebäude zu betreten, werde ich von der Türkante beinahe umgenietet, da sie nur einen Zentimeter an meinem Kopf vorbeischrammt. Als ich geschickt der Wucht hinter der aufgestoßenen Tür ausweiche, rauscht ein Mann an mir vorbei, die Nase in seinem Handy vergraben.

„Whoa! Mach mal langsam, Kumpel, SMS schreiben und fahren ist gefährlich." Mein Versuch, meine Wut mit Humor zu überspielen, ist nicht nötig, denn ich realisiere, um wen es sich handelt.

„Oh, das tut mir so leid, Mr. Sinclair." Es ist Chad, der mir natürlich selbst dann entschuldigend in den Arsch kriechen würde, wenn er mich nicht fast mit der Tür K.O. geschlagen hätte. „Ich habe Sie gar nicht gesehen."

„Natürlich hast du das nicht. Das wäre unmöglich gewesen." Ich bemühe mich wirklich sehr, die Tatsache zu verbergen, dass ich sogar noch wütender bin, weil es Chad ist. „Wohin rennst du in solcher Eile?"

„Nun, Sie wissen es wahrscheinlich schon, aber ich hatte keine Ahnung, dass sie so etwas tun würde. Sehr unprofessionell." Chad hört endlich auf, sein Handy anzustarren.

„Wer, Chad, wer würde so etwas tun?"

„Nun, Lindsey natürlich. Sie hat gekündigt… ohne Vorankündigung. Und jetzt muss ich die Situation wieder in den Griff kriegen."

„Entspann dich, Chad, sie hat nicht ohne Vorankündigung gekündigt und ich bin mir sicher, dass sich alles regeln wird. Wir haben für mindestens einen Monat keine weiteren Events geplant." Verdammt, ich hatte gehofft, sie würde eine zweiwöchige Kündigungsfrist arbeiten, aber ich bin nicht überrascht. „Wir haben jede Menge Zeit, um alles in die richtige Bahn zu lenken."

„Oh, ich mache das sehr gerne, Mr. Sinclair."

„Warum gehst du dann, Chad?"

„Oh, ich muss nur rasch eine persönliche Besorgung machen, Mr. Sinclair. Ich bin im Nu wieder zurück, das verspreche ich." Er nickt mit dem Kopf. „Natürlich nur, wenn Sie damit einverstanden sind."

„Gut, Chad." Ich wende mich ab, um in das Gebäude zu gehen, und ignoriere sein Gebrabbel, während seine Stimme immer leiser wird, da er, wie ich annehme, zum Parkplatz läuft.

Kein Grund für einen Umweg nach links. Also laufe ich direkt zu meinem Büro und bemühe mich darum, die Enttäuschung nicht auf meinem Gesicht zu zeigen. Janice kann mich wie ein offenes Buch lesen und ich würde die Folter und Inquisition gerne vermeiden.

„Guten Morgen", begrüße ich sie, als ich an ihrem Schreibtisch vorbeilaufe und sie folgt mir. Sie sitzt vor meinem Schreibtisch und nippt an ihrem Kaffee, ehe ich auch nur Gelegenheit habe, mich umzudrehen. „Wie geht es dir an diesem *wundervollen* Morgen?", frage ich.

„Jetzt aber." Sie schenkt mir ein halb mitleidiges, halb wissendes Grinsen. „So schlimm kann es auch wieder nicht sein. Du fängst dich wieder. Das tust du immer." Sie sieht heute Morgen natürlich wie aus dem Ei gepellt aus. Ein enger blauer Rollkragenpullover verdeckt den Bund ihres grauen knielangen Bleistiftrocks. Sie trägt schwarze Lederstiefel, die sich bis nach…keine Ahnung wohin erstrecken, denn sie verschwinden unter besagtem Rock. Ihre Haare sind zu einem Pferdeschwanz gebunden, der über ihrer Schulter drapiert ist. Der schwache Duft ihres 'Ich habe dieses Wochenende gerockt'-Parfüms weht zu mir und sie wirkt heute Morgen außerordentlich selbstbewusst.

„Hattest du ein schönes Wochenende?" Als müsste ich das überhaupt fragen.

„Geht dich nichts an." Sie tadelt mich mit ihren Augen. Wir wissen beide mehr über den anderen, als sich einer von uns jemals anmerken lassen würde, aber es gelingt uns immer, professionell zu bleiben. „Zweifellos ein besseres als du. Soll ich das Personalbüro mit der Suche nach ihrem Ersatz beauftragen?"

„Ich bin überrascht, dass du das noch nicht gemacht hast." Ich ziehe eine Augenbraue hoch. „Aber, ja, ich schätze, das wäre gut. Sie wird nicht zurückkommen."

„Natürlich, habe ich das bereits gemacht." Sie zieht ebenfalls eine Augenbraue hoch.

„Das Wiesel von einem Assistenten ist schon ganz scharf auf ihren Job. Er hat mich in seiner Begeisterung fast umgerannt, als er telefonierend aus der Tür stürmte."

„Oh bitte." Janice schüttelt den Kopf und tippt etwas in ihr Tablet ein. „Wir müssen allerdings über ihn sprechen. Doch sie könnte darin verwickelt sein. Ist das für dich in Ordnung? Ich möchte mich nicht einmischen."

„Doch, das möchtest du." Ich halte inne, aber sie schluckt den Köder nicht. „Was ist los?"

„Als ich hörte, dass sie gekündigt hat, erkundigte ich mich, ob sie ihren Laptop abgegeben hat. Das Personalbüro sagte, sie hätte ihn in ihrem Büro gelassen und das die IT-Abteilung informiert wurde. Tja, ich war zufällig sowieso auf dem Weg in diese Richtung und gerade als ich um die Ecke bog, stoppte ich lang genug, um Chad mit ihrem Laptop auf seinem Schreibtisch zu sehen. Ich weiß nicht, was er gemacht hat, aber es war nichts Gutes, denn er hat ihn sofort zugeknallt, als er mich sah und sein Telefongespräch, mit wem auch immer, beendet. Er war so aufgeregt oder nervös, dass er die ganze Zeit gezittert hat, in der ich vorbeilief."

Dieser kleine Pisser. Ich könnte ihn allein dafür feuern. „Wir müssen sicherstellen, dass die IT-Abteilung diesen Computer eher früher als später in die Finger kriegt. Wer weiß, was er ausheckt."

„Schon erledigt."

„Lass sie den Computer durchsuchen und nachschauen,

ob sie herausfinden können, was er gemacht hat."

„Schon erledigt." Sie verschränkt selbstbewusst die Arme über ihrem Tablet und wirft mir einen 'hast du nichts zu tun' Blick zu.

„Was gibt es sonst noch heute Morgen?", frage ich.

„Nichts, mit dem ich nicht klarkommen würde."

„Gibt es eigentlich einen Grund, warum ich hier sein muss? Warum leitest du nicht an meiner Stelle diese Firma?"

Janice steht auf. „Wer sagt denn, dass ich es nicht tue?" Sie läuft aus der Tür und ich höre sie über ihre Schulter sagen: „Und das liegt nur daran, dass ich keinen Penis habe."

Sie nennt das Kind immer beim Namen… ich liebe diese Frau. „Du bist die Beste", rufe ich ihr hinterher.

„Als wüsste ich das nicht", brüllt sie zurück und schließt meine Bürotür hinter sich.

Meine Fresse. Könnte sie noch direkter sein? Sie ist praktisch ein Bully. Aber ich verstehe den Wink mit dem Zaunpfahl und nehme daher mein Telefon in die Hand. Lindsey geht noch vor dem ersten Klingeln dran.

„Na aber hallo, Boss." Oh und jetzt geht das wieder los. Sie ist wohl in einer besonderen Stimmung. Das sollte witzig werden. „Vermisst ihr mich so schnell? Fällt der Laden schon auseinander?"

„Tja, ich gewöhne mich so langsam daran, dass du vor mir davonläufst, ohne Vorankündigung, in den unpassendsten Momenten." Zwei können dieses Spiel spielen. „Und nenn mich nicht so."

„Oh du bist süß. Musst du wieder meinen Planer ausleihen? Wie soll ich dich dann anrufen, Großmächtiger Michael?"

„Ich bin mir ziemlich sicher, dass er von der Firma gestellt wurde, also ist es jetzt mein Planer." Der Klang ihrer Stimme und der Gedanke an diesen Planer lassen mich unruhig auf dem Stuhl herumrutschen. „Und du kannst mich anrufen… wegen einem Abendessen. Samstag?"

„Tja, ich bin eine böse ehemalige Angestellte. Ich habe den Planer behalten. Ich hänge sehr stark daran. Ich habe wirklich einmalige Erinnerungen an diesen Planer. Hast du vor, mich deswegen zu verklagen?" Sie hält inne, aber ich warte. „Und ich kann nicht. Ich muss auf ein besonderes Event gehen und nach eventuellen Kunden Ausschau halten."

„Welches Event ist es? Vielleicht können wir zusammen hingehen und dann würden wir uns gegenüberstehen und können die Sorgerechtsbedingungen verhandeln."

„Ich durfte dich nicht in der Arbeit daten, also darfst du mich auch nicht bei meiner Arbeit daten und ich werde arbeiten."

„Schön, ich denke, die Botschaft ist bei mir angekommen." Ich mache eine Pause, in der ich mir das Gehirn zermartere, wohin sie gehen könnte, und da sehe ich sie an einer Ecke meines Schreibtischs, eine Einladung zur Hamilton Spendengala.

Ich dachte, ich hätte sie in den Müll geworfen.

Jeder Großkopferte der Stadt wird dort sein. Natürlich geht sie dort hin. Ich hatte nicht vor, daran teilzunehmen, weil ich normalerweise einfach das Geld schicke, aber… Scheiße, ich glaube mein Smoking ist noch in der Reinigung. Wie heißt diese verdammte Reinigung nochmal? „Übrigens, dein Stuhl war noch nicht mal kalt, als wir deinen ehemaligen Assistenten dabei erwischten, wie er eifrig auf deinem Laptop herumgetippt hat."

„Er hat wahrscheinlich versucht, mein Passwort zu knacken. Ich bezweifle doch stark, dass der Dummkopf weit gekommen ist. Hat er ihn immer noch?"

„Nein, die IT-Abteilung hat ihn. Wir überprüfen ihn gerade, um herauszufinden, was er gemacht hat."

„So was kann man machen?", fragt sie.

„Bis zu einem gewissen Grad, ja. Jeder, der genug weiß, kann das."

„Wen interessiert's? Ich bin wirklich langweilig. Ich habe

nur Geschäftliches mit dem Laptop erledigt, also wen schert es, was er sieht. Ich habe nichts zu verbergen und mein persönliches E-Mail-Postfach hat ein anderes Passwort. Das wird er nie rausfinden."

„Du bist alles andere als langweilig. Ich dachte nur, ich sollte dir Bescheid geben, was er gemacht hat. Deswegen habe ich angerufen."

Sie bricht in Gelächter aus. „Michael, hast du vergessen, dass du mich auch um ein Date gebeten hast?"

„Daran kann ich mich nicht erinnern. Ich konzentriere mich immer nur auf meine Siege, nicht auf meine Niederlagen. Tatsächlich musste ich, soweit ich mich erinnern kann, nie irgendwelche Niederlagen einstecken."

„Konzentrier dich darauf, aufzulegen. Auf Wiedersehen, Michael."

„Hat dir jemals jemand gesagt, dass du eine fiese Ader hast?"

„Ist das Wunschdenken, Michael?" Und jetzt hat ihr Gelächter ganz eindeutig eine andere Note angenommen.

„Ich bin mir nicht sicher, wohin das führt und ich kriege Angst. Also werde ich jetzt auflegen."

„Auf Wiedersehen, Michael."

Ich stehe auf, marschiere direkt zur Tür und reiße sie auf. „Janice, bei welcher Reinigung ist mein Smoking?"

„Michael, geh zurück in dein Büro und schließ die Tür."

„Was? Warum? Ich brauche meinen Smoking."

„Mach es einfach."

Also schließe ich die Tür und dort hängt mein Smoking an der Rückseite der Tür, direkt vor meinem Gesicht. „Hast du mein Büro oder mein Gehirn verwanzt?", brülle ich durch die geschlossene Tür.

„Du bist ein offenes Buch für mich, Michael. Ich brauche keine technologische Hilfe."

Verdammt, ich liebe diese Frau.

KAPITEL VIERZEHN

Lindsey

Ich kenne die Hamilton Spendengala schon seit Jahren, jeder kennt sie. Alles, was Rang und Namen hat, das Who is Who der Mächtigen und Politiker, kommt jedes Jahr dort zusammen, um sich zu unterhalten und zu lästern. Und man kommt nur mit Einladung rein. Dem Himmel sei Dank für Zach und Bethany. Zach wird jedes Jahr eingeladen und nimmt nie daran teil, weil Zach Zach ist. Er bezahlt für zwei Teller, von denen jeder tausend Dollar kostet, und damit hat es sich für ihn. Für ihn besteht kein Grund, mit einem Haufen Spießer Kontakte zu knüpfen, mit denen er kaum etwas gemein hat. Aber Kontakte zu knüpfen, ist genau das, was ich brauche. Ein Kunde macht noch lange keine Firma aus. Es ist wichtig, dass diese Leute meinen Namen kennen und nach heute Abend werden sie zumindest einmal mein Gesicht gesehen haben, wenn ich ihnen ein Angebot unterbreite. Ich bin nicht schüchtern und jeder große Spender wird mich noch vor Ablauf des Abends kennen.

„Bist du dir sicher, dass du mich nicht begleiten willst?", rufe ich zu meinem Schrank.

„Das hier oder dieses. Es muss eines von den beiden sein. Der Rest deiner Kleider ist zu nuttig." Bethany taucht aus den Tiefen meines Kleiderschranks mit zwei Kleidern in den Händen auf. „Und ich habe dir schon gesagt, dass ich nicht kann. Zach und ich haben heute Abend ein Date."

„Bitch." Ich bin zu nervös, um eines auszuwählen. Also zucke ich nur mit den Schultern. „Du entscheidest."

„Okay, das hier." Sie hebt das Kleid in ihrer linken Hand hoch, ein ärmelloses, knielanges schwarzes Kleid.

„Ich werde wie eine Nonne aussehen, eine verruchte Nonne."

„Nein", widerspricht sie. „Du wirst professionell aussehen, wenn du es mit einer Perlenkette kombinierst und du kannst deine roten Heels anziehen, um zu zeigen, dass du trotzdem gefährlich bist."

„Ich bin gefährlich. Nicht wahr?" Ich mache einen Schmollmund und setze einen Dackelblick auf.

„Verdammt richtig, das bist du. Grrr." Sie dreht sich im Kreis und wirft mir das Kleid zu. „Jetzt zieh dich an, während ich ein sexy Parfüm für dich raussuche. Dann kann ich dich auf dem Weg nach Hause dort absetzen."

„Ich brauche kein sexy Parfüm. Der Abend wird rein geschäftlich."

„Sexy Parfüm ist immer ein Muss, denn… man weiß nie."

„Nun, ich gehe dort in deinem Namen hin. Wenn ich also irgendetwas Sexyes mache, dann fällt das auf dich zurück."

„Schön", sagt sie, während sie zu meiner Kommode läuft. „Mach einfach Notizen, damit ich weiß, was ich gemacht habe, vor allem, wenn es gut ist. Mmm, hmmm." Sie stößt zweimal mit den Hüften nach vorne, während sie wegläuft.

„Und ich bin hier die Nutte?"

„Nein, nur die mit den nuttigen Kleidern."

„Na, du musst es ja wissen", kontere ich. „Ich kann selber fahren, weißt du."

„Ja, aber auf diese Weise kannst du Spaß haben und musst

nur ein Auto für den Heimweg finden. Nur für den Fall, dass du im Verlauf des Abends etwas flüssigen Mut brauchst."

Ist es merkwürdig, dass ich mich nach jeder Interaktion mit meiner Beute auf die Toiletten zurückziehe? Wo ich gerade dabei bin, ist es merkwürdig, dass ich sie als Beute bezeichne? Nee. Wenn ich ein Mann wäre und ich einen meiner Bros bei mir hätte, würde er mich motivieren, mir auf die Schulter klopfen und sagen 'du hast's drauf, Alter, jetzt geh dort raus und hau sie um'. Dann würde er die Titelmelodie von *Rocky* singen, während er mir die Tür aufstößt. Aber ich habe niemanden, der mir sagt, ob ich Salat zwischen den Zähnen habe. Also gehe ich zu den Toiletten, um mich zu erholen, mich frisch zu machen, das unglaublich unbequeme Kleid so zurecht zu zupfen, wie es die Nähte erlauben, die es zusammenhalten, und rede mir selbst gut zu.

„Okay, Lindsey", murmle ich, während ich eine frische Schicht Lippenstift auftrage. „Fünf vielversprechende Kundenkontakte in der Tasche sind gut, aber zehn sind besser. Los geht's." Und schon bin ich wieder aus der Tür. 'Ba ba bum ba dum, da da dum da dum', geh und schnapp sie dir, Rocky.

Als ich mich dem Ende des Toilettengangs nähere und die große Halle durchqueren will, die zum Ballsaal führt, kann ich schon die Band hören. Heute Abend gibt es keinen DJ. Es ist ein stilvolles Event und ein Blick zur Decke erinnert mich daran, wo ich bin. Im einzigen Hotel der Stadt, das groß und protzig genug ist, um ein solches Event austragen zu können. Die Decke ist wie eine europäische Kathedrale dekoriert und sie versprühen hier diesen Duft, der einem sagt, wenn du hier ein Zimmer mieten willst… vergiss es, du kannst es dir nicht leisten.

Heute lachen sie mich vielleicht mitleidig aus, aber eines

Tages wird dieser Laden mich darum anflehen, Geschäfte mit ihnen zu machen.

Es dauert ein paar Minuten, bis sich meine Augen an den dunkleren Ballsaal gewöhnen, weshalb ich nur neben dem Eingang stehen bleibe und in der Umgebung nach meinem nächsten Opfer Ausschau halte. Ich hörte, dass Jack Simons hier irgendwo sei, aber ich habe ihn noch nicht entdeckt. Er sitzt einer Non-Profit-Organisation vor, die hauptsächlich von seinem eigenen Vermögen finanziert wird, und er sponsert ungefähr ein Dutzend Events pro Jahr. Ich würde ihn liebend gern als Kunden gewinnen. Wo bist du, Jack, du glücklicher Mann. Du kannst es doch gar nicht erwarten, mich kennenzulernen. Ich weiß nicht einmal so genau, wie er aussieht, aber ich habe mir sagen lassen, dass er heiß ist. Ich meine, ich bin nicht auf der Suche, noch möchte ich eine weitere Kerbe in seinem Bettpfosten sein, aber ein kleiner Augenschmaus ist kein Dealbreaker. Sein Ruf bei Frauen ist nicht gut. Er ist angeblich ein ganz übler Schürzenjäger, aber ich habe nur Gerüchte gehört.

Aus dem Augenwinkel sehe ich, dass ein jüngerer Kerl direkt auf mich zusteuert. Oh, Kumpel, ich hasse es ja, dich zu enttäuschen, aber du machst die falsche Nonne an.

„Hallo, Sie sehen ein wenig verloren und einsam aus. Darf ich Sie auf die Tanzfläche entführen? Ich würde wirklich gerne etwas gegen diesen ernsten Gesichtsausdruck tun. Lassen Sie ihn uns mit einem Lächeln ersetzen." Er streckt seine Hand aus. „Mein Name ist Jack. Ich bin einer der Sponsoren des Events heute Abend und ich glaube nicht, dass wir uns schon kennengelernt haben."

Das ist sicherlich nur ein Zufall. „Jack…", frage ich.

„Jack Simons."

„Jack Simons. Ich habe gerade nach Ihnen gesucht."

Ich lächle und schüttle seine Hand.

„Nun, Gott sei Dank haben Sie mich gefunden." Mit besorgter Miene fragt er: „Kennen wir einander?"

„Ich bin Lindsey Laverly von *Superior Events and Occasions*. Ich wollte nur, dass Sie meinem Namen ein Gesicht zuordnen können, damit wir einander bereits kennen, wenn ich zu Ihnen komme, um Sie als Kunde zu gewinnen. Ich beabsichtige natürlich nicht, an so einem wunderbaren Abend Geschäfte zu machen, aber eine Frau muss nun mal Gelegenheiten beim Schopf packen, wenn sie sich ihr bieten."

„Hmmm." Er verschränkt die Arme und führt seine Hand ans Kinn. „Nun, entspannen Sie sich, Lindsey Laverly, jeder hier macht Geschäfte. Aber fürs Erste lassen Sie uns tanzen." Er reicht mir wieder seine Hand. „Denn jetzt kenne ich Ihr Gesicht."

Ich nehme seine Hand und folge ihm auf die Tanzfläche, wo natürlich ein langsames Lied gespielt wird. Bevor ich meinen Eröffnungssatz vorbringen kann, wirbelt er mich herum, zieht mich an sich und wir sind uns so nah, dass ich bereits weiß, welche Geschmacksrichtung sein Mundwasser hat.

„Ich dachte, ich würde alle kennen, die eine Einladung erhalten haben." Mich von Kopf bis Fuß zu mustern, während wir nur Zentimeter voneinander entfernt sind, sollte eigentlich unmöglich sein, doch ihm gelingt es irgendwie. „Aber ich kenne Sie nicht."

„Zach und Bethany Steal haben gespendet, aber konnten nicht kommen, weshalb sie mir ihre Einladung angeboten haben." Ich biege meinen Rücken durch in dem Versuch, ein wenig Distanz zwischen uns zu bringen.

„Bullshit."

„Wie bitte?"

Er schüttelt den Kopf und lächelt. „Ich sagte Bullshit. Zach erhält immer eine Einladung, obwohl jeder weiß, dass er niemals kommen wird. Wir schicken ihm nur weiterhin Einladungen, weil er zuverlässig spendet, aber ich kenne Zach. Er versucht, sich so weit wie möglich von Veranstaltungen dieser Art fernzuhalten. Also, würden Sie jetzt gerne Ihre Geschichte korrigieren?" Seine Hand gleitet meinen Rücken hinab. „Denn ich werde Sie nicht rausschmeißen."

„Sie scheinen so viel zu wissen. Warum sagen Sie mir nicht, warum ich hier bin?" Ich sehe mich auf der Tanzfläche um in dem Versuch, seinem Blick auszuweichen.

„Ich habe Sie den ganzen Abend dabei beobachtet, wie Sie nach Kunden fischten. Das Einzige, das offensichtlicher ist als Ihr Ehrgeiz, ist Ihre Schönheit. Und wenn ich mich nicht mit so vielen Leuten unterhalten müsste, hätte ich Sie schon vor einer Stunde in meine Arme gezogen." Natürlich gleitet seine Hand noch ein Stückchen tiefer und nähert sich jetzt der Rundung meines Pos.

„Gut. Mit der Ausnahme, dass Sie meinen Ehrgeiz unterschätzen." Dieses Mal schiebe ich mich mit mehr Kraft von ihm weg, um ein wenig Distanz zu schaffen. „Mir geht es heute Abend nur ums Geschäft."

„Jack", ruft eine tiefe, aber vertraute Stimme hinter mir. „Du siehst aus, als müsstest du gerettet werden. Was dagegen, wenn ich übernehme?"

„Mikey." Er gibt mich frei und tritt nach hinten. „Natürlich nicht. Kennt ihr zwei euch?"

„Lindsey hat früher für mich gearbeitet." Michael schüttelt Jacks Hand, aber hat noch nicht in meine Richtung geschaut. „Sie ist die beste Eventplanerin, mit der ich jemals gearbeitet habe. Du solltest wirklich darüber nachdenken sie anzuheuern, damit sie deine Events organisiert."

„Nun, wir haben uns gerade erst kennengelernt, aber ich bin mir sicher, sie ist sehr talentiert." Er verbeugt sich und tritt den Rückzug an. „Genießt den Tanz ihr zwei."

Sofort bin ich in Michaels Armen, aber irgendwie gelingt es ihm immer noch, meinem Blick auszuweichen. „Tja, hallo, ich habe nicht damit gerechnet, dich hier zu sehen", sage ich, um das Eis zu brechen.

Er blickt mir endlich in die Augen, aber nur kurz. „Wie es

scheint, rette ich dich andauernd aus den Klauen eines anderen Mannes."

„Ist das der Grund für die tiefe, männliche Stimme? Schickst du damit Signale aus, um die jungen Hengste abzuschrecken?" Ich kann mir das Lächeln nicht verkneifen. „Markierst du dein Territorium, Mikey?"

„Wovon redest du?" Er lässt seinen Blick durch den Saal schweifen und dreht mich in die Richtung, in die er schauen möchte. „Und nenn mich niemals bei diesem Namen, wenn du eine Antwort von mir erwartest."

„Du machst es genau in diesem Moment. Suchst du immer noch nach ihm?" Ich höre auf, mich zu drehen, und schüttle ihn, bis er mir in die Augen sieht. Dann senke ich meine Stimme so weit ich kann. „Denn ich glaube, er ist fort, *Mikey*."

Er seufzt und lächelt mich endlich an. „Hör zu, Batman, ich kann nicht für das zur Verantwortung gezogen werden, was passiert, wenn mein inneres Biest die Kontrolle übernimmt."

„Soll ich dir eine Minute geben, damit du in alle vier Ecken der Tanzfläche pinkeln kannst?"

„Tja, das habe ich schon erledigt, bevor ich mich eingemischt habe... aber du hast vermutlich recht. Da er gerade hier war, sollte ich es wahrscheinlich nochmal tun." Er tritt zurück und beginnt, den Reißverschluss seiner Hose zu öffnen.

„Aahh. Widerlich. Du bist ein Tier." Ich packe ihn, als er so tut, als würde er weglaufen. „Komm hierher zurück, bevor du noch dafür sorgst, dass ich rausgeworfen werde."

„Was auch immer nötig ist, damit du aufhörst mit dieser lächerlichen Stimme zu sprechen. Und ich sagte Biest, nicht Tier. Es ist wichtig, dass du den Unterschied kennst."

„Nun, das würde ich ja gerne, aber aus irgendeinem Grund scheinst du nicht ähmm...sollen wir sagen, den Sack zu machen zu können."

„Oh, wirklich." Er zieht mich dicht an sich und wir bewegen uns zum Rhythmus der Musik. „Du spuckst ziemlich große Töne für jemanden, der ständig wegrennt."

„Oh, ich bin definitiv nicht weggerannt, aber man darf die Zeichen nicht ignorieren." Ich wackle mit dem Finger vor seinem Gesicht. „Schlechtes Juju."

„Du bist verrückt."

„Stimmt." Ich zucke mit den Achseln. „Dennoch folgst du mir überall hin. Wo wir schon dabei sind… warum bist du hier?"

„Nun, ich dachte, du könntest ein wenig Hilfe gebrauchen. Ich kenne die meisten dieser Leute. Dachte, ich könnte dich ein paar von ihnen vorstellen, wenn du willst."

„Michael, wenn ich mich von dir vorstellen lasse, werden sie einzig und allein dich sehen. Du wirfst einen ziemlich großen Schatten. Und ich habe dir nie verraten, wohin ich heute Abend gehen würde. Woher wusstest du, dass ich hier sein würde? Hast du mir einen GPS-Tracker eingesetzt?" Ich betrachte eingehend mein Handgelenk.

„Ich? Nee. Wie du vielleicht bemerkt hast, ist es mir nicht gelungen, dir irgendetwas einzusetzen… bisher. Und bist du dir sicher? Ich glaube wirklich, dass ich helfen kann."

„Auf keinen Fall." Ich stoppe uns, mache einen Schritt zurück und nehme seine Hände in meine. „Ich liebe es, dass du nur wegen mir hergekommen bist. Das ist wirklich total lieb von dir, aber wie ich dir bereits erklärt habe, muss ich das allein tun. Jetzt… können wir uns eine Minute hinsetzen und gemeinsam etwas trinken, dann musst du gehen. Ich werde uns Drinks besorgen, du suchst einen Tisch."

„Okay, aber geh nicht zu weit weg." Er zieht sein Handy raus und tut so, als würde er es anschauen. „Mein GPS-Signal ist hier drin ziemlich schwach."

Ich laufe in eine Richtung und er in die andere. Zum Glück besteht die Schlange an der Bar nur aus zwei Leuten, weshalb ich bereits fünf Minuten später die Tanzfläche umrunde auf der Suche nach Michael… und ich sehe ihn nirgends. Nachdem ich den letzten Tisch erreicht und eine Kehrtwende vollzogen habe, laufe ich die Tische noch einmal ab, dieses Mal jedoch langsamer. Als ich eine sehr große Frau mit fünfzehn Zentimeter hohen schwarzen Heels und einem hautengen, sehr kurzen schwarzen Kleid passiere, höre ich meinen Namen.

„Lindsey." Kein Wunder, dass ich ihn nicht gesehen habe. Er wurde von langen Beinen und Hintern getarnt. Schätze, sie hat das 'nuttige Kleid'-Memo nicht erhalten. „Hier ist sie. Julie, ich würde dir gerne Lindsey vorstellen." Michael erhebt sich und deutet zwischen uns zweien hin und her. „Lindsey, Julie."

Ich reiche Michael seinen Drink und stelle meinen ab, damit ich ihr die Hand geben kann. Als ich mich wieder zu ihr drehe, kann ich einfach nicht anders. Meine Augen fangen unten an und folgen ihren straffen, braungebrannten Beinen hoch zu ihren langen pechschwarzen Haaren, halten an ihren vollen, lächelnden Lippen an und heben sich, um ihr in die dunkelbraunen Augen zu blicken. „Wow, du bist umwerfend." Ich lächle und nehme ihre Hand.

„Bist du nicht ein Schatz, dass du so was sagst?" Passend zu ihrem Kleid hat sie auch ihre sinnliche Stimme mitgebracht. Ich bin hier der verfluchte Batman. Offensichtlich ist sie sich dieser Tatsache noch nicht bewusst. „Aber nicht umwerfend genug für Michael. Er hat mir das Herz gebrochen und ich glaube, ich bin immer noch nicht über ihn hinweg. Wir waren früher ein Paar, weißt du, nur falls er es dir nicht erzählt hat."

„Oh, wir sind nicht zusammen", stottere ich und quieke, während ich nach meinem Drink greife. *Scheiße, ich kann nicht Robin sein, reiß dich zusammen, Mädel.*

„Weiß Michael das?" Sie dreht sich und lächelt ihn an.

„Ich scheine die Dinge etwas anders in Erinnerung zu

haben." Michael nippt an seinem Drink. „Aber du bist trotzdem eine Unruhestifterin."

„Nun, Darling, das *ist* mein Unruhestifter-Kleid." Sie legt die Hände an ihre Seiten und lässt sie über die Kurven ihres Mikrooutfits gleiten. „Michael hat mir erzählt, dass du mit Luke arbeiten wirst. Er ist ein absoluter Schatz. Sein Büro liegt gerade am anderen Ende des Ganges von meinem."

„Du arbeitest für Excel Ventures?"

„Mittlerweile seit fünf glorreichen Jahren. So habe ich auch Michael kennengelernt."

„Nun, vielleicht werde ich dich dort sehen. Ich hoffe, dass ich bald erfahre, ob mein Angebot gewonnen hat." Ich kreuze die Finger.

„Du bist doch *Superior Events and Occasions*, oder?", fragt sie.

„Ja."

„Nun, Darling, ich hörte, dass du den Zuschlag bekommen hast und es beschlossene Sache wäre."

„Oh, tja das klingt super. Ich habe seit einer Weile nichts von Luke gehört. Vielleicht sollte ich mal meine E-Mails checken. In diesem Kleid ist kein Platz für ein Handy."

„Wem sagst du das, Darling. Und ich denke, es ist an der Zeit, die Macht meines Unruhestiftens woanders hinzutragen, wo es mir auch etwas nützen wird. Lindsey, es war mir eine Freude, dich kennenzulernen." Sie mustert Michael und mich eingehend und deutet anschließend auf uns. „Wenn es irgendetwas gibt, das ich für euch tun kann, lasst es mich bitte wissen."

Sobald sie außer Hörweite ist, drehe ich mich um und lächle Michael an. „Also, ihr zwei wart ein Paar?"

„Nicht wirklich."

„Und *du* hast *ihr* Herz gebrochen?"

„Nein, nicht wirklich."

„Sie wirkt allerdings so, als wolle sie noch nicht mit dir

fertig sein. Oder, jetzt da ich so darüber nachdenke, uns beiden."

„Sie ist einzigartig und kann recht anstrengend sein."

„Oh, das glaube ich dir gern."

Er hebt die Hand und lockert seine Krawatte. „Sollte ich jetzt gehen?"

„Wahrscheinlich."

„Danke für das Getränk." Er kippt den Rest seines Drinks hinunter und stellt das Glas ab. „Was dagegen, wenn ich dich nochmal aufspüre, vielleicht… morgen?"

„Bin mir nicht sicher, ob ich da überhaupt eine Wahl habe."

„Bleib nicht zu lange, ich werde es wissen." Er küsst mich auf die Wange und läuft zum Ausgang. „Du riechst übrigens wundervoll."

KAPITEL FÜNFZEHN

Michael

Wie lange muss ich warten, bevor ich ihr eine SMS schicken kann? Ich drücke auf Senden und meine SMS macht sich auf den Weg zu Janice. Es ist 8:30 Uhr an einem Sonntagmorgen und sie wird stinksauer sein, aber sie ist daran gewöhnt, dass ich sie zu jeder Tages- und Nachtzeit anrufe. Ich hege keinen Zweifel daran, dass sie gestern Nacht lange aus war, doch ich weiß auch, dass sie antworten wird. Anders als bei Lindsey, der ich leider keinen Tracker verpasst habe, und daher keine Ahnung habe, wie lange sie auf der Gala geblieben ist.

Von wem reden wir hier? Und weißt du, wie spät es ist? Welcher Tag heute ist? Janices Antwort kommt postwendend, nachdem ich auf Senden gedrückt habe.

Du weißt, von wem wir hier reden, und natürlich weiß ich, wie spät es ist. Ich habe zwei Stunden gewartet, bevor ich dir geschrieben habe. Du solltest mir dankbar sein. Letzte Nacht schlief ich absolut beschissen, weil ich mich nur hin und her warf und an Lindsey dachte.

Oh, ich werde dir dankbar sein, wenn ich mich für das hier räche. Janice macht eine kurze Pause, ehe sie die nächsten

Zeilen schickt. Sie tut so, als wäre sie wütend auf mich, weil sie weiß, dass ich sie gerne ärgere. *Hör auf, mich zu nerven und fang an, sie zu nerven. Ich bin mir sicher, es ist spät genug.*

Danke, du kannst jetzt weiterschlafen. Nervöses Lächeln Emoji.

Wer sagt, dass wir geschlafen haben. Fies grinsendes Teufel Emoji.

Botschaft angekommen und zu viele Informationen.

Ich glaube, ich sollte Lindsey vielleicht noch ein wenig Zeit geben. Ich bin mir sicher, sie schläft noch und will nicht gestört werden. Also tigere ich mit schweren Schritten umher und drehe Runden um meine Kücheninsel. Wenn ich nachdenken muss, ertappe ich mich oft dabei, wie ich mich im Rhythmus des Echos meiner eigenen Schritte bewege, die kaum aufgehalten von der spärlichen Dekoration meiner Junggesellenbude zu mir zurückhallen. Den Großteil der Zeit bin ich mir nicht bewusst, dass ich mich bewege und schaue jetzt über meine Schulter, überrascht darüber, dass ich keinen Pfad in den Boden gelaufen habe. Ich habe keinen Hunger, öffne aber dennoch gedankenverloren die Kühlschranktür auf der Suche nach… nichts. Er ist so gut wie leer mit Ausnahme einiger Flaschen uralten Salatdressings und einem Glas Brombeermarmelade. Ich bin kein großartiger Koch und habe sowieso niemanden, für den ich kochen könnte. Die Kühlschranktür scheppert, als ich sie zuschlage und die künstliche und spärliche Deko betrachte, die das Innere meines Hauses ausmacht. Die Pflanzen und Dekorationen sehen aus, als würden sie in ein Modellhaus gehören und haben nichts mit mir, meinen Vorlieben oder meiner Persönlichkeit zu tun. Ich heuerte eine Dekorateurin an, als ich die Bude kaufte und habe rein gar nichts verändert, seit ich ihr erzählte, dass sie tun könnte, was sie wollte. Und das tat sie auch, was, wie sich herausstellte, so wenig wie möglich war. Tja, wen interessiert's? Ich bin selten hier, eigentlich nur zum Schlafen.

Zum Teufel mit dem Warten, ich muss sie wiedersehen. Seit dem Aufzug habe ich nicht aufgehört, an sie zu denken. Es ist, als hätte sie mich hypnotisiert. *Bist du bereit?* Ich tippe die Nachricht an Lindsey ein und drücke auf Senden, dann warte ich… und warte und gehe für meine vierte Tasse Kaffee zur Kaffeemaschine, als ich mein Handy summen höre.

Wofür?, antwortet Lindsey.

Unser Date.

Wir haben ein Date? Hab ich gestern Abend was verpasst?, fragt sie.

Das hier bin ich, wie ich dich aufspüre und es ist jetzt offiziell morgen.

Nicht sicher, ob das jemals wahr ist, aber okay. Was machen wir? Verschickt sie jetzt philosophische SMS so früh am Morgen, an einem Sonntag?

Ich antworte: *Es soll ein schöner Tag werden, wie wäre es mit einer Morgenwanderung? Big Bears Lake? Und ein Picknick.*

Eine Wanderung? Uh oh. Klingt, als wäre sie nicht gerade eine begeisterte Wanderin.

Du wanderst schon? Oder?, frage ich.

Oh… ja klar. Ständig. Ich bin Stammgast dort oben. Lindsey die Wanderin nennen sie mich.

Wer ist sie?

Dieses Mal braucht sie eine Weile für ihre Antwort. *Die großen Bären… ist doch klar!*

Klasse. Sollen wir uns am Trailhead *treffen, sagen wir um* 10:30Uhr?

Okay, antwortet sie. *Was ist ein* Trailhead?

Oh Mannomann, das sollte interessant werden.

Ich komme früh beim *Trailhead* – dem Startpunkt der Wanderung – an und nutze die Zeit, um mich zu dehnen und das Mittagessen, das ich vorbereitet habe, in meinen Rucksack zu packen. Der Wanderparkplatz liegt direkt am Stadtrand und ist nicht schwer zu finden, weshalb ich recht optimistisch bin, dass Lindsey mich finden wird. Ich komme ständig hierher, insbesondere zu dieser Jahreszeit, um allein zu sein, Dampf abzulassen und mich ein wenig auszupowern. Aber ich habe das dumpfe Gefühl, dass Lindsey bis heute keinen blassen Schimmer hatte, dass es diesen Ort überhaupt gibt. Ich rechne fast damit, dass sie zwanzig Minuten zu spät kommen wird, aber gerade als mir der Gedanke kommt, rast ein weißer Toyota Camry auf den Parkplatz und legt neben meinem 4-Runner eine Vollbremsung hin.

Ich erreiche die Fahrertür gerade, als sie aufschwingt und Lindseys lächelndes Gesicht erscheint. „Du hast es geschafft", stelle ich fest.

„Hast du gedacht, ich würde mich verfahren? Ich hab dir doch gesagt, dass ich ständig hierherkomme." Sie lächelt und blickt hinab auf das größte Paar Wanderstiefel, das ich jemals gesehen habe. Sie tippt die Spitzen aneinander. „Gefallen sie dir?"

„Du bist niedlich", sage ich, weil ich einfach nicht anders kann.

„Was? Ich meine, ja, das bin ich, aber warum?"

„Du bist noch kein einziges Mal in deinem Leben gewandert."

„Was meinst du?" Sie hebt einen ihrer gigantischen Stiefel hoch. Ich wusste nicht einmal, dass solche Stiefel überhaupt noch hergestellt werden. Als Kinder nannten wir sie Waffel-Stampfer wegen des Musters, das sie bei jedem Schritt im Schnee hinterlassen. Es sind große, steife, hellbraune Lederstiefel mit roten Schnürsenkeln und einer ungeheuer schweren Sohle. „Siehst du diese Dinger? Das sind Wanderstiefel."

„Woher hast du die?", frage ich.

„Meine Nachbarin Penny hat sie mir ausgeliehen. Sie waren ein Geschenk, aber sie hat sie nie getragen. Also hat sie gemeint, ich kann sie haben."

„Ein Geschenk aus den Siebzigern? Die kannst du nicht tragen. Du wirst Blasen haben, bevor wir die erste Abzweigung nehmen." Ich muss mir die Hand auf den Mund pressen, damit ich nicht in Gelächter ausbreche, und auch weil sie so verdammt süß ist. „Bitte sag mir, dass du Sneakers dabeihast?"

„Natürlich, denkst du ich will die Dinger den Rest des Tages tragen? Brauche ich den Knöchelschutz nicht? Schau dir die Dinger nur an, in diesen Schätzchen bewegt sich nichts."

„Genau", sage ich. „Und nimm dir eine Jacke mit."

„Eine Jacke?", fragt sie verlegen. „Es ist ziemlich warm hier draußen."

„Vergiss es, ich hab dir eine mitgebracht. Du wirst mir danken, wenn wir weiter hoch und zu den Bäumen kommen. Es ist immerhin noch Winter." Ich kann mir ein Lächeln nicht verkneifen. „Du warst noch nie hier, oder?"

„Awww, der große, starke Naturbursche sorgt für mich." Ein schuldiges Kichern entwischt ihr, bevor sie sich stoppen kann. „Ich bin wahrscheinlich tausend Mal an dem Platz hier vorbeigefahren und hatte keine Ahnung, dass er existiert."

Als sie sich in ihr Auto beugt, um ihre Sneakers zu holen, frage ich: „Warst du in letzter Zeit im Studio?"

„Wer ist Julio?", ruft sie zurück.

„Ich schätze, wir sollten es langsam angehen lassen."

Aber sie schlägt sich bemerkenswert gut und ich lasse sie den Weg anführen. Sie muss in guter Form sein, denn sie läuft in einem flotten Tempo und kann trotzdem den gesamten Weg über mit mir reden. Sie ist fasziniert von der Schönheit des Wanderweges und der Bäume und sinniert darüber, wie sie so lange hier leben und nie hierherkommen hat können.

„Also, wie läuft's mit dem großen neuen Auftrag? Warst du beschäftigt, Verträge zu unterschreiben und alles in die Wege zu leiten?", frage ich.

„Okay, schätze ich." Sie dreht den Kopf, um mir zu

antworten, als wir die nächste Serpentine in Angriff nehmen, und stolpert dabei fast über eine Baumwurzel.

„Vorsicht. Augen nach vorne", lache ich. „Warum schätzt du?"

„Nun, deine Freundin – "

„Ex."

„Mmm hmm. Ex-Freundin sagte, sie denkt, dass ich den Auftrag in der Tasche habe, aber ich habe noch nichts gehört. Ich habe Luke die ganze Woche E-Mails geschickt und keine Antwort erhalten. Ich bin mir sicher, er ist nur sehr beschäftigt. Wie auch immer, ich habe morgen ein Treffen, um mit dem Veranstaltungsort zu verhandeln. Ich will nicht das Risiko eingehen, dass es von jemand anderem gebucht wird. Das Hotel ist immer..." Sie ist um die letzte Ecke gebogen, von wo sie einen Blick auf den See hat, wenn sie durch die Bäume späht, und zum ersten Mal an diesem Tag ist sie sprachlos. Als wir aus den Bäumen heraustreten, läuft sie weiter, bis wir die Anhöhe erreichen, die den ganzen See überblickt.

„Was denkst du?", frage ich, als ich neben sie trete.

Sie lässt sich lange Zeit zum Antworten, ehe sie den Kopf schüttelt und ausatmet. „Es ist das Schönste, das ich jemals gesehen habe." Sie wischt sich eine Träne aus dem Auge.

Ein ruhiger Morgennebel hängt über dem stoischen und ruhigen Wasser, das so glatt wie ein Spiegel daliegt und nur ab und zu von einer Forelle aufgewühlt wird, die die Oberfläche berührt. Der magische Duft des kühlen Wassers vermischt mit den Kiefern hängt intensiv in der Luft. Ein kleiner Vogelschwarm durchbricht die Stille und kreischt aufgeregt, als sich ein Adler aus einem Nest hoch oben in einem Baum auf der anderen Seeseite erhebt. Der majestätische und große Vogel gleitet über die Wasseroberfläche. Sein weißer Kopf starrt in dessen Tiefen, sein Flug ist mühelos und unbekümmert, als würde er zwar nach einer Mahlzeit Ausschau halten, aber auch kein Problem damit haben, wenn er keine findet.

Ich nehme ihre Hand in meine, während wir die Pracht vor uns in schweigendem Staunen betrachten. Sie rückt näher und ich schlinge meine Arme um sie.

„Danke, dass du mich hierher mitgenommen hast", flüstert sie.

„Ich liebe diesen Ort und ich wollte, dass du ihn siehst." Und mir wird bewusst, dass ich noch nie zuvor so für irgendjemanden empfunden habe. Lindsey ist die erste Frau, die erste Person, die ich hierhergebracht habe. Das hier ist der Ort, an den ich komme, um meine Mitte zu finden und jetzt ist sie meine Mitte.

„Hunger?", frage ich.

„Am Verhungern."

Ich deute zur gegenüberliegenden Uferseite. „Siehst du den spitzen Felsen, der über das Ufer ragt? Das ist ein toller Picknickplatz."

Sie übernimmt wieder die Führung und wir folgen dem unebenen Weg, der den See umrundet. Wir quetschen uns durch Büsche und klettern über umgefallene Baumstämme, bis wir den Felsen erreichen. Ich stelle meinen Rucksack ab und setze mich zu ihr an den Rand des riesigen Steins, der wie ein Pfeil zu dem natürlichen Damm auf der anderen Uferseite deutet.

Und sie dreht sich zu mir. „Was genau geht hier vor sich?"

„Wir machen ein Picknick", antworte ich. „Allerdings gibt es keine große Auswahl. Das einzige Essen, das ich in meinem Haus finden konnte, waren Erdnussbutter, Brombeermarmelade und Tortilla Chips."

„Du weißt, was ich meine, Michael."

Ich strecke meine Hände aus und nehme ihre in meine. „Nun, ich liebe diesen Ort und ich musste dich einfach wiedersehen. Also dachte ich, oder eher hoffte, dass du ihn auch lieben würdest."

„Ich liebe ihn, aber was sind deine Absichten? Ich muss das wissen, weil ich im Moment in einer wirklich verletzlichen Situation bin und versuche große Veränderungen in meinem Leben vorzunehmen. Ich kann das hier nicht tun, wenn du nur deinen Spaß haben willst." Sie entzieht mir ihre Hände und blickt auf den See hinaus.

„Hey." Ich greife ihre Schultern und drehe sie wieder zu mir, aber sie starrt nur zu Boden. „Sieh mich an. Weißt du es nicht, kannst du es nicht erkennen?"

„Was?", will sie wissen, aber sieht mich immer noch nicht an.

„Ich bin dir verfallen. Ich bin dir um die halbe Welt gefolgt und wieder zurück. Hab mich in einen Pinguinanzug gequetscht und dich angefleht, dass ich dir helfen darf." Ich lege meinen Finger unter ihr Kinn und hebe ihren Blick zu meinem. „Ich habe mich in dich verliebt."

„Woher weißt du das, Michael? Du könntest auch nur auf etwas scharf sein, das du bis jetzt noch nicht bekommen hast. Du kennst mich kaum."

„Da hast du verdammt recht, ich bin scharf auf dich, aber denk nicht, dass ich dich nicht kenne. Ich weiß, dass du gerne wie das sorglose, witzige Partygirl rüberkommst, aber das bist du nicht. Du bist sehr intelligent und ernst in Bezug auf die richtigen Dinge, hast große Pläne für dich selbst und du bist nett und großzügig."

„Das bin ich nicht."

„Denkst du, mir ist nicht aufgefallen, dass du von allen Angestellten jedes Jahr am meisten für das Kinderhilfswerk spendest, obwohl die meisten Angestellten mehr verdienen als du."

Sie legt die Stirn in Falten. „Darüber sollten wir reden."

„Stopp."

„Tja, du hast gesagt, ich wäre nicht lustig." Sie zuckt mit den Achseln.

„Seit du angefangen hast in der Firma zu arbeiten, kann

ich nicht die Augen von dir lassen. Ich reiße mir ein Bein aus nur, um dich zu sehen, und laufe bei jeder Möglichkeit deinen Gang entlang. Ich beobachte dich die ganze Zeit, muss dich bei jeder Gelegenheit, die sich mir bietet, sehen." Als mir meine eigenen Worte klarwerden, halte ich inne. „Klinge ich ein bisschen wie ein Stalker?"

„Ja, aber mach weiter. Ich hatte noch nie zuvor einen Stalker."

„Ich weiß, du hast nie auch nur ein schlechtes Wort über jemanden verloren, selbst wenn du es hättest tun können, selbst wenn du es hättest tun sollen. Jeder mag dich, sogar Janice."

Ihre Augen weiten sich. „Janice mag mich?"

„Jep", antworte ich und nicke bestätigend mit dem Kopf.

„Woher weißt du das? Hat sie etwas gesagt?"

„Nein, aber sie weiß von mir und dir und sie hat nicht versucht, mich aufzuhalten. Sie hat mir sogar meinen Smoking bereitgelegt, damit ich auf die Gala gehen konnte."

„Wow." Sie nickt mit mir. „Sie mag mich wirklich. Das Janice-Gütesiegel."

„Die höchste Auszeichnung, die ein Bürger erwerben kann." Wir verstummen beide im Angesicht dieses denkwürdigen Moments. „Aber was ist mit dir?", frage ich. „Ich habe dir gerade erzählt, dass ich mich in dich verliebe, und du reißt immer noch Witze."

„Es tut mir leid, das wird bei mir irgendwie immer schlimmer, je nervöser ich werde." Sie greift um meine Taille, um mich an sich zu ziehen. „Nun, du bist nicht der Einzige, der beobachtet hat. Ich schwärme seit meinem ersten Tag im Büro für dich. Ich hab über dich nachgedacht und öfter von dir geträumt, als ich zugeben möchte. Ich weiß so gut wie alles, das es über dich zu wissen gibt. Aber wenn das Einzige, das ich jemals über dich wüsste, wäre, dass jeder deiner Angestellten dich liebt, dann wäre das schon genug. Du bist ein hervorragender Geschäftsmann und viel zu sexy für dein eigenes Wohl." Sie hält inne und blickt mir in die Augen. „Und, Michael."

„Ja."

„Ich verliebe mich auch in dich."

Sie schließt die Augen und wir küssen uns, unser erster echter Kuss. Als ihre Lippen meine berühren, geht von meinem Kopf eine Schockwelle aus und rast durch mich, meinen Hinterkopf hinab, durch meinen Bauch und bis in meine Zehen. Die Welle wärmt meinen ganzen Körper, während sie mich durchflutet, und ich bin mir sicher, das ist es. Sie ist es. Dann, als wir den Kuss beenden, lächelt sie, vergräbt ihren Kopf an meiner Brust und drückt mich fest.

Doch ich kann nicht anders, als sie zu necken: „Also, du hast von mir geträumt, hm?"

Und, ohne zu zögern, sagt sie: „Woher wusstest du, dass Brombeermarmelade meine Lieblingsmarmelade ist?"

KAPITEL SECHZEHN

Lindsey

Ich hatte nicht erwartet so bald wieder im Amsterdam Hotel zu sein, aber ich muss sagen, dass ich sehr aufgeregt deswegen bin und sogar noch nervöser. Das hier stellt eine große Verbindlichkeit für mich dar. Ich bin mir nicht sicher, welche Art von Anzahlung sie hier verlangen, aber ich weiß, dass ich nicht über zehntausend Dollar hinausgehen kann… denn das ist alles, was ich habe. Als ich mich dem Eingang nähere, hämmert mein Herz wild in meiner Brust, weshalb ich anhalte und einige tiefe Atemzüge mache.

Ich spreche mir selbst Mut zu: „Okay, Lindsey, du schaffst das. Du hast gesagt, dass sie dich eines Tages um eine Zusammenarbeit mit dir anflehen würden und dieser Tag ist heute." Ich springe in die Drehtür und mache Babyschritte, bis die Öffnung auftaucht. Durch die Lobby zu den Verwaltungsbüros laufe ich jedoch mit rausgestreckter Brust und großen, energischen Schritten. Ich durchquere die Lobby ohne bestimmten Grund diagonal. Ich habe jede Menge Zeit, weshalb ich langsamer werde, meine Augen schließe und mit der Hand über die weichen Rückenlehnen der Sofas im mittleren Sitzbereich streiche. Ich liebe das Gefühl und den Geruch echten italienischen Leders und schon bin ich ruhiger.

„Oh, hi, Lindsey." Noch bevor ich meine Augen öffne, erkenne ich die Stimme. Es ist Chad, der aus der Richtung der hinteren Büros kommt.

„Hallo, Chad." Ich bin ein wenig verblüfft, weshalb es einfach aus mir herausplatzt: „Was machst du hier?"

„Freut mich auch, dich zu sehen", sagt er mit einem süffisanten Grinsen. „Hab gehört, du hast eine neues Geschäftsunternehmen gestartet. Wie läuft das so?"

„Wo hast du das gehört?" Dann versuche ich mich aus irgendeinem Grund daran zu erinnern, dass ich Manieren habe. „Sorry, vergiss das. Es läuft wirklich gut."

„Das ist toll, ich bin mir sicher, du kommst klar… mit dem großen Risiko, das du auf dich genommen hast, indem du deinen Job gekündigt hast, ohne auch nur einen einzigen Kunden zu haben."

Es macht keinen Sinn, sich den Kopf darüber zu zerbrechen, was Chad zu wissen glaubt, weshalb ich das Thema fallen lassen. „Und was führt dich hierher?"

„Hab mich nur um Geschäftliches gekümmert." Er legt eine Hand auf meine Schulter und blickt mir von oben herab direkt in die Augen. „Ich muss jetzt los. Du hast ja keine Ahnung, wie viel ich zu tun habe."

Irgendetwas hat sich definitiv verändert. Chad hat mir nie direkt in die Augen gesehen, kein einziges Mal in zwei Jahren. „Bye, Chad."

Es ist so seltsam, ihn hier zu sehen, ausgerechnet heute. Das alberne Gehabe ist verschwunden und von einem arroganten Arschloch ersetzt worden, das plötzlich auf einem wirklich hohen Ross sitzt. Muss an der Beförderung auf meinen Posten liegen. Aber wen interessiert's? Darüber kann ich mir jetzt keine Gedanken machen, denn ich habe heute Wichtigeres zu tun. Also laufe ich weiter zum Empfangstisch.

„Hi, ich bin Lindsey Laverly. Ich habe einen Termin bei Diane Bunton."

„Hi, Lindsey, setzen Sie sich doch. Diane wird gleich da sein." Die Rezeptionistin lächelt und deutet in die Richtung eines Sofas in der Nähe. „Darf ich Ihnen ein Wasser bringen?"

„Nein, danke", antworte ich und gehe zu dem Sofa.

Als ich mich umdrehe und gerade hinsetzen will, ruft eine Stimme hinter mir: „Lindsey?"

„Ja."

„Hi, ich bin Diane. Es freut mich, Sie kennenzulernen. Kommen Sie nur rein." Sie gibt mir die Hand und ich folge ihr in ihr Büro. „Nehmen Sie bitte Platz."

„Dankeschön." Ich stelle meine Tasche neben mich auf den Boden und setze mich.

„Was kann ich heute für Sie tun?"

„Ich bin Eventmanagerin und habe einen sehr wichtigen Kunden, der ein großes Event plant. Ich würde gerne über die Reservierung eines Saals sprechen."

„Wie viel Platz brauchen Sie und an welches Datum hatten Sie gedacht?" Sie dreht sich zu ihrem Computerbildschirm und öffnet ihren Terminkalender.

„Nun, es ist ein großes Event, weshalb wir den Hauptballsaal für das Wochenende des dreiundzwanzigsten März benötigen würden." Ich öffne meinen Planer und zücke einen Stift.

Enttäuschung huscht über ihre Züge und mein Herz sinkt. „Oh, es tut mir so leid. Ich habe diesen Termin buchstäblich vor fünf Minuten vergeben. Ich fürchte, das ist schreckliches Timing."

„Sie scherzen." Ich will weinen.

„Nein, es tut mir leid. Käme vielleicht ein anderes Datum infrage?"

„Nein."

„Ich versuche immer auf jede mögliche Weise zu helfen, selbst wenn das bedeutet, dass wir Ihren Auftrag verlieren.

Vielleicht kann ich Ihnen eine andere Location empfehlen? Ich kenne die meisten Hotelmanager in dieser Gegend." Sie ist wirklich nett, aber ich kann nur das fortwährende Schrillen der Alarmglocken in meinem Kopf hören, die zu läuten begannen, als ich Chad sah.

„An Chad?"

„Wie bitte?"

„War es Chad? Haben Sie die Termine gerade für Chad reserviert?", frage ich.

„Sie kennen Mr. Dixon?" Sie nickt.

„Wer ist der Kunde?" Es muss Michael sein und eventuell kann ich ihn dazu bringen, ein anderes Hotel zu wählen.

„Ich fürchte, ich kann Ihnen diese Information nicht geben."

„Ich kann Ihnen eine Anzahlung von 10,000.00$ machen." Die Verzweiflung in meiner Stimme ist peinlich, aber ich muss es einfach probieren.

„Es tut mir leid, aber wir verlangen eine Anzahlung von 20,000.00$, die nicht rückerstattet werden und die Mr. Dixon bezahlt hat, als wir den Vertrag unterzeichnet haben." Sie lehnt sich auf ihrem Stuhl zurück, verschränkt die Arme und ihre Botschaft kommt klar und deutlich bei mir an.

Was zum Teufel geht hier vor? Wie konnte mir das passieren? „Vielen Dank für Ihre Zeit." Ich schüttle ihre Hand und bin aus ihrem Büro, bevor sie ihre Entschuldigung beenden kann. Wenn dieses Wiesel auf dem Weg zurück zum Büro ist und ich mich beeile, kann ich ihn vielleicht noch abpassen, bevor er ins Gebäude geht. Aber zuerst muss ich Michael schreiben. Also halte ich an, setze mich auf das Lobbysofa und ziehe mein Handy heraus. Ich weiß, wenn ich Michael um Hilfe bitte, wird er mich nicht hängen lassen.

Während ich wie wild auf mein Handy tippe, bin ich verwirrt, weil ich aus der Ferne Michaels Stimme höre. Ich schaue hoch und da ist er, da sind sie, Michael und Julie, die auf den Aufzug warten. Die Türen öffnen sich, sie hakt sich bei ihm unter, kichert wie ein Flittchen und zieht ihn mit sich, hinterlässt nichts als eine Spur aus Beinen und Arsch.

Ich bin sprachlos.

Was zur Hölle habe ich gerade gesehen?

Ist der Mann, der mir gestanden hat, dass er sich in mich verliebt, mit seiner angeblichen Ex-Freundin in die Tiefen eines Luxushotels entschwunden? Kann dieser Tag noch schlimmer werden? Habe ich gerade meinen einzigen Auftrag und Michael in einer Spanne von fünf Minuten verloren?

Ich weiß nicht, was ich tun soll. Also sitze ich einfach nur da mit der Kinnlade am Boden.

Mein Herz zerspringt mir in der Brust und der Schock von Millionen Splittern, die in meinen Magen fallen, raubt mir den Atem, aber ich kann nicht, nein, werde nicht, einem Mann hinterherjagen, der so etwas tun würde. Wenn er sich auf diese Weise verhalten will, dann kann er sie haben. Sie können einander haben.

Eine kühle Tränenflut rollt über meine Wangen, aber ich weigere mich, mich kampflos zu ergeben. Ich muss meine Zukunft und mein Geschäft retten und ich kann nicht schnell genug aus der Tür rennen.

Auf meiner Fahrt zum Büro überfahre ich jedes Stoppschild und rase so schnell ich kann, aber erwische die rote Ampel an der First Street. Ich tobe und weine und weine und tobe, als ich eine SMS erhalte… von Michael.

Schlechte Neuigkeiten, Lindsey. Ach ne. Michael, du hast keine verdammte Ahnung. *Wir haben rausgefunden, dass Chad deine E-Mail gehackt hat, bevor wir deinen Computer geholt haben. Du solltest vielleicht dein Passwort ändern. Wir versuchen, herauszufinden, was er gemacht hat, aber haben nicht viel Erfolg damit. Sorry.*

Ich bringe mein Auto an seine Grenzen, nachdem die Ampel auf grün gesprungen ist. Meine Reifen quietschen, als ich auf den Büroparkplatz abbiege und ihn entdecke. Das

Wiesel ist schon fast beim Hintereingang, weshalb ich eine Vollbremsung am Gehweg hinlege und aus dem Auto springe. „Chad", brülle ich.

„Lindsey." Er lächelt und kommt auf mich zu. „Ich nehme an, du hast deinen Termin im Hotel beendet. Schlechte Neuigkeiten?"

„Was zum Henker hast du vor, Chad?"

„Ich bin mir nicht sicher, was du meinst, Lindsey." Er lächelt und heuchelt Sorge. „Hast du geweint?"

„Du weißt, was ich meine, Chad. Was hast du vor? Ich brauche diesen Saal und du hast ihn mir direkt vor der Nase weggeschnappt."

„Jetzt aber, Lindsey. So etwas würde ich niemals tun." Er wirft mir seinen besten unschuldigen Blick zu, aber ich kenne seinen Bullshit schon lange Zeit.

„Ist er für Michael?"

„Für wen?"

Ich muss mich stark am Riemen reißen, dass ich ihm den selbstgefälligen Ausdruck nicht aus dem Gesicht schlage. „Leg dich nicht mit mir an, Chad, ich werde dir den Job für das hier wegnehmen."

„Oh, er gehört dir, Süße. Bitte… ich bin mir sicher, Michael wird dir deinen Job zurückgeben. Allerdings solltet ihr dann vielleicht mit dem Vögeln aufhören. Das verstößt gegen die Firmenregeln." Er macht eine Pause, in der der letzte Satz in der Luft hängt, bevor er lächelt. „Ich wollte nur gerade reingehen, um meinen Schreibtisch zu räumen. Weißt du, ich habe meine eigene Firma gegründet."

Sämtliche Luft weicht aus meinen Lungen und ich bin erstarrt. Plötzlich fühlt sich die fehlende Kommunikation mit Luke nicht mehr belanglos an.

„Warum dieser Saal… an diesem Wochenende?"

Er streckt die Brust raus und macht einen Schritt auf mich zu, sodass sich unsere Nasen fast berühren. „Oh, du weißt warum. Nicht wahr, Lindsey?" Er grinst mich jetzt höhnisch an. „Du hast doch wohl nicht gedacht, dass ich mich von dir ausstechen lasse, oder? Deine Firma ist jetzt meine Firma, dein Auftrag ist jetzt mein Auftrag."

„Bullshit, ich werde ihnen erzählen, was du vorhast. Michael wird sich für mich verbürgen. Sie werden niemals bei dir bleiben."

Chad lacht mir ins Gesicht. „Oh, das glaube ich nicht. Sie haben sich unserer Firma verpflichtet, *Superior Events and Occasion Inc.*, über die Firmen-E-Mail. Weißt du, ich liebe den Namen, den wir uns ausgedacht haben. Ich denke, ich werde ihn behalten. Natürlich läuft die Gewerbeanmeldung auf mich. Ich habe persönlich die Hotelreservierung getätigt und sogar die guten Neuigkeiten auf der Firmenwebsite verkündet. Alles ist unter Dach und Fach." Er wedelt mit etwas herum, das wie eine Pressemeldung auf seinem Handy aussieht. „Übrigens, Luke hat vollstes Verständnis und wünscht dir das Beste, während du dich um deine persönlichen Probleme kümmerst. Die Ankündigung deines Ausstiegs aus der Firma ging gerade raus."

Mir dreht sich der Kopf und das Einzige, das mir zu sagen einfällt, ist: „Michael weiß, dass du in meinen E-Mails rumgeschnüffelt hast. Denkst du wirklich, dass du damit durchkommen wirst?"

„Es ist alles geritzt, Süße, und dein Freund wird einen Scheißdreck tun. Ich habe deine Welt zerstört. Du willst doch nicht, dass ich seine auch ruiniere, oder? Willst du dafür verantwortlich sein?"

„Du bluffst, dazu hast du nicht die Eier."

„Süße Lindsey. Wiedermal einen Schritt hinterher und ahnungslos." Er stinkt geradezu vor scheiß Selbstgefälligkeit. „Ich habe Beweise für alles, was ihr zwei angestellt habt, einschließlich dem hier." Er wischt über sein Handy und öffnet ein Foto. Es zeigt mich auf Michael, halb nackt, am Strand in Hawaii. „Glaubst du wirklich, er ist gewillt seinen Börsengang wegen eines Skandals mit einer Angestellten, wegen dir, zu riskieren? Ich würde mein Geld nicht darauf setzen. Nein, ich denke, du solltest dich zu deinem lausigen Apartment schleichen und anfangen, die Jobanzeigen zu durchsuchen, oder ich werde das hier öffentlich machen. Natürlich könntest du darum bitten, wieder in diesem Job arbeiten zu dürfen, schätze ich. Allerdings wirst du dann sehr viel weniger Sex am Strand haben."

Ich habe Chad noch nie so erlebt. Er hat die Miene eines Killers aufgesetzt. Der heulende Waschlappen ist verschwunden. „Warum, Chad?" Ich muss es einfach fragen. „Ich hab dich gut behandelt. Ich war immer nett zu dir."

„Denkst du, ich bin dir zwei Jahre in den Arsch gekrochen, nur damit ich dir dabei zuschauen kann, wie du gehst und vor mir erfolgreich wirst, mich schlägst?" Er schüttelt den Kopf über mich und grinst höhnisch. „Du bist nur eine verdammt naive Frau. Du solltest mir dankbar sein. Ich bewahre dich vor einem gigantischen Misserfolg und Peinlichkeit. Und wenn du denkst, Michael will mit einer Verliererin zusammen sein, bist du sogar noch einfältiger, als ich dachte. Ich sag dir was... ich werde dir einen Gefallen tun und ihm nicht erzählen, dass ich dir in den Arsch getreten habe. Wenn du es ihm nicht erzählst, wird er es vielleicht nie erfahren und vielleicht behält er dich dann für eine Weile."

Zorn kocht in mir hoch, verwandelt mich in eine zitternde Furie und es kann gut sein, dass ich jede Sekunde in Tränen ausbreche. „Du bist ein verdammtes Arschloch", ist das Einzige, das mir einfällt.

„Gut. Du hast eine wichtige Geschäftslektion gelernt." Er wendet sich ab, um zum Büro zu laufen, aber macht vorher noch eine wegscheuchende Bewegung. „Jetzt... hau ab."

Als er durch die Tür verschwindet, schluchze und zittere ich so stark, dass ich es kaum zurück zu meinem Auto schaffe, wo ich auf dem Fahrersitz zusammenbreche.

KAPITEL SIEBZEHN

Lindsey

Klopf, klopf, klopf.

„Geh weg", brülle ich unter dem Deckenberg hervor, der meine Festung der Einsamkeit darstellt. Die Häkeldecke meiner Oma bildet die zweite Schicht und wann immer ich sie bisher gebraucht habe, hat sie als undurchdringliches Schild funktioniert, das mich jahrelang beschützt hat. Hinter deren verzaubertem Schutz bin ich noch nie angelogen, hereingelegt oder betrogen worden.

Klopf, klopf, klopf.

„Ich sagte, geh weg", rufe ich dieses Mal lauter. Ich habe mein Zeitgefühl völlig verloren und keine Ahnung, wie lange es her ist, aber ich fühle mich, als würde ich vielleicht nie wieder das Bett verlassen. Die salzigen Überreste von Tränenspuren zieren die Seiten meines Gesichtes und, auch wenn ich mir nicht sicher bin, bedeckt vermutlich Rotz die restliche Haut. Ich habe meinen Badezimmerspiegel verhüllt für den Fall, dass ich gezwungen bin, die Toilette zu benutzen. Vielleicht schaue ich mir nie wieder ins Gesicht.

Klopf, klopf, klopf.

„Schön." Ich werde diese Person umbringen. Es ist besser nicht Michael, denn er wird warten müssen. Ich kann ihn nicht töten, solange ich so aussehe.

Ich ziehe die Beine an die Brust, trete den Deckenberg von mir und stampfe zur Eingangstür. Als ich durch den Spion spähe, kann ich nur den Rücken einer weiblichen Gestalt ausmachen. Wenigstens ist es nicht er.

Ich ziehe die Tür auf und brülle: „Was?"

„Guter Gott, es ist schlimmer als ich dachte." Sie ist perfekt geschminkt und sieht wie üblich wie aus dem Ei gepellt aus.

„Janice?" Ich drehe mich um und gehe zurück zu meiner Festung. „Was willst du?"

„Oh, nein das tust du nicht." Sie packt mich am Arm und schiebt mich in Richtung Badezimmer. Scheinbar weiß sie, dass man nicht mehr an mich rankommen wird und ich für immer in den Tiefen der Ewigkeit verloren gehen werde, wenn ich mich erst einmal wieder in meiner Festung verkrochen habe.

„Hat er dich geschickt?", frage ich in dem Moment, in dem sie das Handtuch von meinem Spiegel zieht und ich bei dem Bild des Schreckens zusammenzucke.

„Wer? Michael?"

Ich drehe mich zu ihr und hebe einen Finger. „Bitte sag kein Wort."

Sie schlägt ihre Hand vor ihr Gesicht, um den ekelhaften Geruch, der meinem Mund entströmt, abzuwehren. Ich bin mir ziemlich sicher, dass ich ihr die Tränen in die Augen getrieben habe, aber ich wende den Blick ab, bevor ich das feststellen kann. Stattdessen bewundere ich meinen erbärmlichen Zustand in dem Glas, das nicht lügt.

„Wir müssen reden, aber nicht hier." Nachdem sie einen Waschlappen unter den Wasserhahn gehalten hat, macht sie sich an meinen Wangen zu schaffen und fährt fort: „Wir müssen dich hier rauskriegen. Diese Bude riecht wie der Sarg einer Obdachlosen, in dem sie jahrelang mit zwei verfaulten Katzen vergraben war."

„Bist du nicht ein Schatz, dass du das sagst." Ein Chor Basstrommeln beginnt ein hämmerndes Konzert in meinem Kopf und ich habe Schmerzen. „Auaaa." Ich greife mir an die Schläfen, aber sie schmerzen viel zu stark, als dass ich sie berühren könnte.

„Du brauchst Kaffee."

Der maximale Bekleidungszustand, dem ich zustimme, besteht aus einem Hoodie und einer Jogginghose, die auch ohne Weiteres mit einem Pyjama verwechselt werden könnten, was mir gut in den Kram passt. Ehe ich weiß, wie mir geschieht, haben wir bereits drei Viertel des Weges hinter uns gebracht und das *Get Perky* ist in Sichtweite. Es könnte Einbildung sein, aber ich glaube, ich kann es bereits riechen.

Ich brauche wirklich Kaffee.

Als Janice die Tür öffnet, wird mein Gehirn sofort von dem einladenden Balsam überflutet, den das Kaffeearoma für mich darstellt. Wenn es Arme hätte, würde es auf mich zurennen und mich mit all seiner Liebe fest umarmen. Ich fühle mich schon besser.

Janice geht zur Theke und sagt: „Besorg uns einen Tisch. Ich hole unsere Getränke. Was möchtest du?"

„Sag Chris einfach, dass es für mich ist. Er weiß, was ich mag." Ich drehe mich zu den Tischen und werde sofort von einem herzlichen Lächeln begrüßt, dass ich gut kenne.

„Hallo, Opal." Die Erkenntnis, dass ich lächle, wird dadurch verstärkt, dass mir das Gefühl im Verlauf der letzten paar Tage völlig fremd geworden ist.

„Na, hallo, Liebes. Wie geht es dir?"

„Oohh." Ich zucke mit den Schultern. „In letzter Zeit war es etwas schwer."

„Nun, setz dich und lass uns darüber reden." Sie deutet auf den Stuhl zu ihrer Linken.

„Hast du nichts dagegen?"

„Natürlich nicht." Heute muss ihr blauer Tag sein, denn sie ist von Kopf bis Fuß in das strahlendste Blau gehüllt, das jemals unter der Sonne gesehen wurde. Ich habe keine Ahnung, wie sie es schafft, jedes Mal, wenn ich sie sehe, so adrett auszusehen. Sie trägt hellblaue Stöckelschuhe und einen knielangen Rock mit einem dazu passenden Jackett, das eine weiße Seidenbluse verdeckt, die nur leicht an ihrem Hals hervorlugt. Ihr üblicher knallroter Lippenstift und Nagellack bilden einen perfekten Kontrast dazu und passen wunderbar zu ihren leicht rosa Wangen und perfekt aufgetragenem Make-up. Von Kopf bis Fuß, vom Make-up zu den Klamotten, gibt es keinen einzigen Makel an der Frau, als wäre sie direkt einem Zeitschriftencover aus den 50ern entsprungen. Ihre passenden blauen Handschuhe, Handtasche und Hut liegen auf einem Stuhl hinter ihr. „Sollen wir auf deine Freundin warten?"

„Um ehrlich zu sein, Opal, bin ich mir da nicht sicher. Janice und ich sind keine richtigen Freundinnen. Sie arbeitet für Michael."

„Deinen Verehrer."

„Lange Geschichte." Ich seufze. „Sie kam zu meiner Wohnung und hat mich hierher geschleift. Ich weiß nicht so recht, was eigentlich los ist."

„Oh, ich glaube, ich habe da einen ziemlich guten Verdacht, aber lass es uns gemeinsam herausfinden. Was sagst du dazu?" Sie lächelt, nimmt einen großen Schluck von ihrem Kaffee und beobachtet mich über den Rand ihrer Tasse, als sich Janice nähert. „Hi, Janice, mein Name ist Opal." Opal reicht Janice die Hand und schüttelt ihre. „Ich hoffe, du hast nichts dagegen, dass ich Lindsey gefragt habe, ob ihr zwei euch zu mir setzen wollt."

„Überhaupt nicht." Janice lächelt Opal an, als würden sie sich schon immer kennen, nimmt ihr gegenüber Platz und reicht mir mein Getränk. „Irgendetwas sagt mir, dass dieses Gespräch gerade um einiges besser geworden ist."

Ich sehe, dass Janice eine Auswahl an Scones und Gebäck mitgebracht hat und bemerke plötzlich, dass ich am Verhungern bin. „Ist eines von denen für mich?", frage ich.

„Der Kerl an der Theke hat einfach angefangen, mir Teilchen zu reichen. Bin mir nicht sicher warum, aber er hat mich bloß angestarrt und mir das ganze Essen gegeben. Ich habe nicht mal dafür bezahlt, also ja, nimm dir, was auch immer du willst." Sie schiebt die Tüte voller Leckereien über den Tisch.

Als ich anfange, mich mit einem Scone mit Schokostückchen vollzustopfen, wird Opals Lächeln breiter und sie sagt: „Ist er nicht reizend? Er ist immer so gut zu uns."

Ich verteile Krümel und Puderzucker praktisch in alle Richtungen, als ich mit vollem Mund antworte: „Das ist Chris." Ich nehme mir einen Moment, um zu schlucken und einen Schluck Kaffee zu trinken. „Er muss dich wirklich mögen. Ich muss ihn normalerweise dazu überreden, dass er mir etwas schenkt."

Janice sieht zurück zu Chris, der, wie ich gerade bemerke, seine Augen nicht von ihr abgewendet hat. Dann dreht sie sich wieder zu mir mit einem teuflischen Grinsen im Gesicht. „Chris, hm? Er ist sehr süß. Sehr jung, aber sehr süß."

„Okay, Mädels, ich denke, es gibt eine Menge zu bereden", mischt sich Opal ein. „So wie sie aussieht, scheinen wir Lindsey wieder auf die Beine helfen zu müssen."

„Ja, lasst uns das anpacken." Janice wird ernst. „Schieß los, Lindsey. Wie weit bist du mit dem Scheißkerl Chad?"

„Woher weißt du von Chad?", frage ich.

„Oh, ich weiß mehr, als du denkst. Vergiss nicht, dass ich ein ganzes Team Hacker an der Hand habe und sie sind sehr gut." Ich liebe es, dass Janice so redet, als würde ihr die Firma genauso gehören wie Michael.

Also verrate ich ihnen, was sie wissen möchten, und erzähle so viel von der Geschichte, wie ich kann, ohne zu explodieren. Ich schäme mich, als ich ihnen offenbare, dass ich die Warnzeichen nicht gesehen habe, nachdem ich nichts mehr von Luke McKenna gehört hatte. „Ja, ich fühle mich naiv", gestehe ich. Als ich zu dem Teil der Geschichte im Hotel komme, spüre ich, dass mein Gesicht rot vor Wut wird. „Das Arschloch besaß doch die Frechheit, so zu tun, als würde es nichts bedeuten, mich dort zu sehen." Doch als ich von den Ereignissen erzähle, die vor dem Büro passierten, zittere ich vor Wut. „Ich schätze, ich hätte mich gewissenhafter um die Gründung meiner Firma kümmern sollen. Ich dachte, ich würde mich dem annehmen, wenn ich Zeit dafür hätte. Das Arschloch kannte den Firmennamen, den ich benutzen wollte, stahl ihn mir, indem er ihn in seinem Namen registrierte, baute eine Website und irgendwie überzeugte er Luke davon, dass wir Partner waren." Als ich zu dem Teil über Michael komme, kann ich einfach nichts dagegen tun, dass mir eine Träne aus dem linken Augenwinkel quillt. „Er weiß von mir und Michael. Sagte, er wird den Börsengang ruinieren, wenn einer von uns irgendetwas unternimmt, um ihn aufzuhalten."

„Aber ihr zwei habt doch nicht wirklich etwas gemacht. Was kann er schon tun?", fragt Janice.

„Er kann genug tun." Ich schaue hinab auf meinen Kaffee, da es mir ein wenig peinlich ist, das vor Opal zuzugeben, die aufmerksam zugehört hat. „Er muss einen Paparazzo angeheuert haben oder so etwas, denn, auch wenn wir nicht wirklich etwas getan haben, sieht es so aus, als hätten wir etwas getan."

„Er hat Fotos?" Jetzt kocht Janice vor Wut. „Dieser kleine Arsch. Also warum bist du nicht zu Michael gegangen? Er kann helfen. Er sagte, er hätte die ganze Woche versucht, dich zu erreichen, aber du würdest nicht antworten."

„Denkst du, diese Sache mit Chad würde reichen, damit ich mich tagelang in meinem Apartment einsperre und mir wünsche, die ganze Welt würde einfach verschwinden?" Ich mache eine Pause und schaue gerade rechtzeitig hoch, um einen Blick auf sie zu erhaschen, wie sie durch die Tür hereinkommt und zur Theke geht. Ich muss zweimal blinzeln, um mich zu vergewissern, dass ich sie mir nicht einbilde. „Ich sah ihn, Arm in Arm mit ihr auf dem Weg zum Aufzug zu ihrem Hotelzimmer."

„Wen?", fragt Janice ungläubig.

„Sie." Ich nicke mit dem Kopf zu ihr, als sie hinter Janice vorbeiläuft.

Janice dreht sich, um nachzuschauen, von wem ich spreche. „Julie?", sagt sie viel zu laut und Mist… Julie hat sie gehört.

„Janice?" Julie, in alltäglicher Supermodeltracht, lächelt und steckt ihr Handy in ihre Handtasche.

„Du kommst gerade rechtzeitig, Liebes", unterbricht Opal, steht auf, um sie zu begrüßen, und schüttelt ihre Hand. „Würdest du dich gerne unserer Frauenrunde anschließen?"

Julie scheint von Opals Angebot überrascht oder verwirrt und hält kurz inne, ehe sie antwortete: „Sehr gerne." Als sie den vierten Stuhl am Tisch nimmt, direkt mir gegenüber, bemerkt sie schließlich meine Anwesenheit. „Lindsey, schön, dich wiederzusehen."

Ich habe ihr nichts zu sagen, aber mit Opal an einem Tisch zu sitzen, erinnert mich irgendwie daran, mich meiner Manieren zu besinnen. Das Beste, das mir zur Antwort einfällt, ist: „Du hast keinen Kaffee."

Opal hebt ihren Arm und winkt zur Theke. „Das stimmt, Liebes, wie unhöflich von mir. Ich werde mich darum kümmern." Chris bemerkt sie sofort, winkt und Opal dreht sich wieder zum Tisch, wo sie uns nacheinander anlächelt. „Nun denn, wir haben eine Menge zu besprechen. Also, lasst uns anfangen."

KAPITEL ACHTZEHN

Michael

Ich bin kurz davor, meine Suche aufzugeben, weshalb ich mich in Janices leeren Stuhl fallen lasse. Wo zur Hölle ist sie? Sie lässt mich nie so lange Zeit allein. Wo verdammt nochmal sind alle? Ich weiß, dass es Freitag ist, aber das hier ist lächerlich. Natürlich ist Lindsey fort, was mich nicht davon abhält, an ihrem Arbeitsplatz vorbeizulaufen mit irgendeiner sinnlosen Fantasie, dass sie dort sitzen wird und ich sie wenigstens sehen kann. Und dann war nicht einmal dieser ewige Schleimscheißer Chad an seinem Schreibtisch. Es fühlt sich an, als wäre ich in eine alternative Realität gestolpert und mir wurde der Plot Twist noch nicht offenbart. *Ah ha, Michael, du bist hier der Angeschmierte! In dieser Realität bist du der Hausmeister und deine Schicht fängt gleich an. Geh und zieh deinen Overall an und mach dich ans Putzen, Freundchen.*

Es reicht. Ich gehe zur Personalabteilung. Ich werde irgendjemanden verpetzen.

Als ich das Büro der Personalleiterin erreiche und durch die Tür trete, bin ich begeistert und erleichtert zu realisieren, dass sie hier ist und an ihrem Schreibtisch sitzt. „Jordan!", platzt es aus mir heraus.

„Was?" Ich habe sie offenkundig erschreckt und sie sieht sich um, als würde sie gleich von jemandem angegriffen werden.

„Du bist hier."

„Ja?" Jetzt sieht sie wirklich verwirrt aus. „Sollte ich nicht hier sein?"

„Natürlich bist du hier, Gott sei Dank. Aber wo sind alle anderen? Weißt du, wo Janice ist?"

„Normalerweise direkt an deiner Seite. Wenn sie nicht dort ist, weiß ich auch nicht, wo sie ist."

„Sie ist nicht im Büro." Jetzt, da ich mir sicher bin, dass ich mich in der richtigen Realität befinde, bemühe ich mich darum, meine übliche lockere Haltung einzunehmen, indem ich mich auf einen Stuhl setze und meine Füße hochlege. „Hat sie um einen freien Tag gebeten?"

„Janice?" Sie sieht mich verwundert an. Und mir wird meine Dummheit bewusst. Als ob Janice jemals so etwas tun würde. „Die Janice? Sie fragt nicht… nach gar nichts. Ich habe größere Angst vor ihr als vor dir."

„Klug." Ich nicke. „Okay, also hast du nichts von ihr gehört?"

„Nein", antwortet sie.

„Und wo ist Chad? Ich habe ihn seit Tagen nicht an seinem Schreibtisch gesehen."

„Er hat gekündigt. Hast du meine E-Mail nicht gelesen?" Sie zieht ihre Augenbrauen hoch, weil sie die Antwort bereits kennt.

„Er hat gekündigt? Hat er gesagt warum?"

„Chad? Hat Chad gesagt warum?" Sie wirft mir den 'jetzt geht das schon wieder los, meinst du das ernst'-Blick zu. „Natürlich hat er das. Er hat gekündigt, um seine eigene Firma zu gründen. Hat nicht aufgehört, darüber zu reden.

Scheinbar hat er irgendeinen großen Deal an Land gezogen und hat fristlos gekündigt."

„Danke. Ich brauche Alan. Ist er hier?", frage ich.

„Michael?" Sie sieht mich verärgert an und hebt an, etwas zu sagen, das ich unterbreche.

„Vergiss es, ich werde selbst nachschauen."

Ich rufe in Alans Büro an, wobei ich auf meinem Weg zu meinem Büro nicht anhalte, und zum Glück geht er dran. „Alan, mein Büro und bring deinen Laptop mit", belle ich.

Als ich mich in meinen Stuhl setze und aufschaue, ist er schon da. Alan sieht nie gestresst aus, ganz egal wie hoch mein Chaoslevel ist. Es pisst mich irgendwie an, dass er so ruhig bleiben kann, ganz gleich was ich von ihm verlange. Ich schätze er hat Verteidigungsmechanismen gegen mich entwickelt und angepasst. Eventuell sollte ich noch eine Schippe zulegen. „Was ist los?", fragt er und setzt sich auf einen der Stühle vor meinem Schreibtisch.

„Ich…" Über seiner Schulter entdecke ich Janice vor meiner geöffneten Tür. „Warte kurz. Wo zum Donnerwetter warst du?", brülle ich gerade so laut, dass sie mich hören kann.

Sie lässt sich Zeit damit, ihre Jacke und Handtasche an die angestammten Plätze zu legen. Sie hat natürlich keinerlei Eile. Anschließend kommt sie zu mir ins Büro. „Ich habe mich um einige Dinge gekümmert", erklärt sie, während sie sich auf den Stuhl neben Alan setzt.

„Wusstest du, dass Chad gekündigt hat?", will ich wissen.

„Ja, natürlich."

„Weißt du, dass er gekündigt hat, um seine eigene Firma zu starten?"

Sie sieht nach unten und richtet ihren Rock. „Ich habe eventuell davon gehört."

Ich kann nicht fassen, dass sie sich so gelassen gibt. „Klingt das nicht nach einem ziemlich merkwürdigen Zufall, wenn man bedenkt, dass Lindsey gerade erst das Gleiche getan hat... und er in ihrem Computer herumgeschnüffelt hat?"

„Sie ist nicht allzu glücklich darüber", erwidert Janice.

„Du hast von ihr gehört?"

„Natürlich", sagt sie wieder und jetzt bin ich stinksauer.

Ich werfe die Hände in die Luft. „Sie hat die ganze Woche weder auf meine Anrufe noch meine SMS reagiert."

„Michael." Und ich weiß, ich stecke in Schwierigkeiten. Sie hat diese Miene aufgesetzt, als wäre sie die Schuldirektorin und ich das Kind, das zur Bestrafung in ihr Büro geschickt wurde. „Du bist mit Julie Arm in Arm in einen Hotelaufzug gestiegen."

„Woher weißt du..." Ich muss meine Frage nicht einmal beenden. „Sie hat uns gesehen."

„Michael, du musst wirklich vorsichtiger sein."

„Du weißt, dass ich so etwas nicht tun würde. Wir waren auf dem Weg zu einem Meeting wegen dem Börsengang und... du weißt, wie Julie ist. Sie behält nie die Hände bei sich."

Janice nickt, aber behält ihr grimmiges Auftreten bei. „Dieser Schlamassel mit Chad und jetzt dir, Michael. Lindsey ist ein wenig... bestürzt... wie du dir vorstellen kannst."

„Verdammt." Ich beginne im Kopf durchzugehen, wie ich mich aus der Misere ziehen kann, aber zuerst: „Alan. Konntest du irgendetwas darüber herausfinden, was Chad macht?"

Alan wirft Janice einen verwirrten Blick zu. „Erzähl es ihm", sagt sie.

Er tippt etwas auf seinen Laptop und dreht ihn dann zu mir. „Wir wissen, dass er sich in ihr E-Mail-Postfach gehackt und Nachrichten in ihrem Namen verschickt hat. Ich kann allerdings nicht auf die Inhalte der Nachrichten zugreifen."

„Wissen wir, mit wem er kommuniziert hat?", frage ich.

„Excel Ventures."

„Das ist Luke." Und da wird es mir klar. „Er nimmt ihr

den Auftrag weg." Ich zücke mein Handy, wische mich durch meine Kontakte, rufe Lukes Handy an und warte.

Mailbox. „Verdammt."

„Janice, welche Telefonnummer hat das Büro von Excel?"

Sie rattert die Zahlen herunter, so schnell wie ich sie eintippen kann, und ich drücke auf Anrufen. „Excel Ventures, wie kann ich Ihnen helfen?", fragt die Rezeptionistin.

Ich antworte: „Luke McKenna, bitte."

„Oh, es tut mir leid, er ist gerade auf dem Weg zu einem Meeting."

„Mit wem spreche ich?", frage ich.

„Hier spricht Laura."

„Laura, hier ist Michael Sinclair."

„Oh, Hallo, Mr. Sinclair. Es tut mir leid, aber Luke hat das Meeting gerade begonnen."

„Mit wem?", frage ich.

„Chad Dixon von *Superior Events and Occasions*. Es sollte nicht lange dauern. Ich glaube, sie unterschreiben nur die Verträge. Soll Luke Sie zurückrufen?"

Ich lege ohne eine Antwort auf. „Wir gehen. Alan, nimm deinen Laptop mit." Ich werde den kleinen Pisser nicht damit durchkommen lassen, dass er Lindsey aufs Kreuz legt, selbst wenn sie mich hasst.

„Da kann ich genauso gut mitkommen", verkündet Janice und schnappt sich ihre Jacke und Handtasche. „Das sollte witzig werden."

KAPITEL NEUNZEHN

Lindsey

Verdammt, es ist kalt draußen und wenn mir nicht so viel Adrenalin durch die Adern rauschte, würde mich das wahrscheinlich stören. Wenn ich das hier durchziehen kann und Chad auf meinen Plan hereinfällt, wird das der großartigste Tag meines Lebens. Ich kann nicht fassen, dass das kleine Wiesel für sein eigenes Meeting zu spät dran ist. Ich werfe einen Blick zu dem Gebäude in der Hoffnung, dass er spät dran ist und ich ihn nicht verpasst habe. Dann drehe ich mich wieder zum Parkplatz und dort ist er und läuft direkt auf mich zu.

„Bist du hierhergekommen, um mir an meinem großen Tag zu gratulieren?“ Er sieht selbstbewusster aus denn je.

„Chad.“

„Oder brauchst du immer noch einen Job? Denn ich werde bald Leute einstellen.“

„Chad, ich bin hier mit einem Angebot für dich und der Hoffnung, dass du das Richtige tun wirst.“ Ich ziehe den Vertrag heraus, für dessen Anfertigung der Anwalt gestern Überstunden gemacht.

Er ignoriert die Papiere. „Ich habe keine Zeit dafür, Lindsey, ich bin spät dran", sagt er und macht Anstalten, an mir vorbeizulaufen.

„Chad, ich versuche nur, dir eine Gelegenheit zu geben, das Ehrenhafte zu tun. Das ist ein Kaufvertrag. Ich biete dir an, dich auszuzahlen."

Er dreht sich wieder zu mir um. „Warum sollte ich das tun wollen?", fragt er.

„Ich hoffe, dass du kein schlechter Mensch bist, der auf diese Weise eine Firma gründen möchte. Was, wenn es irgendjemand herausfindet und deine Kunden realisieren, was du getan hast? Glaubst du wirklich, dass sie dann noch Geschäfte mit dir machen wollen?"

Er tritt näher und schiebt mir seinen Finger ins Gesicht. „Ich habe dich gewarnt. Stell mich nicht auf die Probe."

„Jemand könnte es herausfinden, Chad."

„Um deinetwillen und deines Freundes willen solltest du besser hoffen, dass das nie passiert."

„Bitte, Chad."

Er reißt mir die Blätter aus der Hand. „Wie lautet dein Angebot?", fragt er. „Der Kaufbetrag ist leer."

„Nun, ich wollte zuerst mit dir reden. Ich habe 10.000,00$, die ich dir bar auf die Hand geben kann, und wenn ich den Vertrag mit Excel unterzeichnet habe, kann ich mir ein Darlehn nehmen und dir weitere 12.000,00$ auszahlen. Hinten im Vertrag befindet sich ein Schuldschein, der garantiert, dass ich dir die 12.000,00$ zahlen werde. Das sollte den Hotelvertrag und deine Gründungskosten abdecken. Du wirst all dein Geld zurückerhalten und das Richtige getan haben."

„Das ist ein jämmerliches Angebot." Er schleudert mir den Vertrag entgegen. „Und was bringt dich zu der Annahme, es würde mich interessieren, ob ich das verdammt Richtige tue oder nicht?"

„Es ist alles, das ich habe", sage ich.

„Auf Wiedersehen, Lindsey. Ich bin spät dran." Er dreht sich um und marschiert von dannen.

„Ich habe versucht, es auf faire Art zu lösen", sage ich leise. „Ich wusste, du würdest es niemals akzeptieren."

KAPITEL ZWANZIG

Michael

Ich habe Janice noch nie rennen gesehen, aber ich muss sagen, ich bin beeindruckt. Sie atmet nicht einmal annähernd so schwer wie Alan nach unserem Sprint zu den Büros von Excel Ventures. Ich habe eine Fahrt von normalerweise zwanzig Minuten in fünfzehn Minuten bewältigt und wir sind so schnell wir konnten über den Parkplatz und in das Gebäude gerannt. „Hi, Laura, lass uns bitte durch", rufe ich, als wir durch die Türen platzen.

„Hallo, Mr. Sinclair." Sie springt von ihrem Stuhl, schockiert von dem Anblick von uns drei Irren, die durch die Lobby rennen. „Natürlich."

Ich brülle zurück: „Sind sie im Hauptkonferenzraum?"

„Ja", antwortet sie.

Zum Glück befindet sich der Hauptkonferenzraum im Erdgeschoss und ich war schon viele Male dort, sodass ich genau weiß, wo er liegt. Dicht gefolgt von Janice und Alan ein paar Meter hinter uns, den Laptop nach wie vor geöffnet in der Hand, ramme ich die zwei gigantischen Mahagonitüren des Hauptkonferenzraumes zur Seite. „Stopp!", schreie ich und fühle mich wie in einem Film.

Luke McKenna, der neben Julie und gegenüber von Chad sitzt, sieht völlig verwirrt zu mir auf. „Michael. Was ist los?"

„Du willst das nicht tun, Luke", beginne ich.

„Michael, ich denke, Sie sind es, der das nicht tun will", unterbricht mich Chad.

„Was tun will?", fragt Luke.

„Einen Vertrag mit diesem Kerl unterzeichnen." Ich deute auf Chad.

Chad steht auf und hebt seine Arme, um Luke zu beschwichtigen. „Es ist okay, Luke, wir haben früher zusammengearbeitet und ich denke, zwischen Michael und mir besteht eventuell ein Missverständnis. Wenn Sie nichts dagegen haben, uns einen Augenblick zu geben, können wir das ohne Weiteres klären."

Julie steht auf und nimmt Luke beim Arm. „Es ist in Ordnung, Luke, geben wir ihnen eine Minute." Er folgt ihr zur Tür hinaus, wobei sein Gesicht nach wie vor verwirrt verzogen ist.

Sobald sich die Türen schließen, wende ich mich an Chad. „Hast du wirklich gedacht, du könntest damit durchkommen?", frage ich.

„Mit was durchkommen, Michael? Dem Unterschreiben von Verträgen für meine neue Firma?" Er hebt einen Stapel Blätter vom Tisch. „Das ist erledigt."

„Denkst du wirklich, dass sie noch mit dir Geschäfte machen möchten, wenn wir ihnen erzählt haben, was du getan hast?", frage ich. „Wir wissen, dass du an Lindseys Computer warst. Wir wissen, dass du dich in ihren Computer eingehackt hast, in ihr E-Mail-Postfach eingedrungen bist und falsche Nachrichten verschickt hast. Das ist eine Straftat, Chad. Dafür könntest du ins Gefängnis kommen."

„Ich bezweifle, dass du irgendetwas davon beweisen kannst, Michael."

Alan mischt sich ein und hebt sein Laptop hoch, als wäre es ein Beweisstück. „Und das ist der Punkt, an dem du dich irrst, Chad. Wir können es beweisen."

„Wen interessiert's? Dann habe ich es eben getan. Allerdings wird Michael hier einen feuchten Kehricht deswegen unternehmen. Was er jedoch tun wird, ist dafür zu sorgen, dass ihr zwei ihm hier raus folgt, stillschweigend, und nie wieder ein Wort über diese Sache verliert."

„Was lässt dich denken, dass ich so etwas jemals tun würde?", muss ich einfach fragen.

„Weißt du, auch wenn du anscheinend nicht mit deiner Freundin geredet hast, so habe ich das getan." Er macht eine Pause und ein wissendes Lächeln breitet sich auf seinem Gesicht aus. „Du hast nicht mit ihr geredet, nicht wahr? Oh, wie traurig für sie. Hat sie ihre Firma und ihren Freund in der gleichen Woche verloren?"

So langsam werde ich so wütend, dass ich meine Hände am liebsten um seinen dürren Hals legen würde, aber ich tue es nicht. Noch nicht. „Du bist dümmer als ich dachte, wenn du denkst, ich würde dich damit durchkommen lassen, Lindsey so etwas anzutun."

„Oh, nicht nur ihr, Michael." Er sieht mir zum allerersten Mal direkt in die Augen. „Dir ebenfalls. Ich bin darauf vorbereitet, deinen kleinen Börsengang zu ruinieren, indem ich deinen Nachrichtenverlauf öffentlich mache, dass du sie verfolgt und an diesem Strand in Hawaii gefickt hast."

Das erwischt mich eiskalt. „Bullshit", ist alles, was ich sagen kann.

„Nein, nicht wirklich. Ich habe einen tollen Schnappschuss davon." Er hebt sein Handy hoch. „Sie hat hübsche große Titten. Wenn man auf so etwas steht."

„Ich werde dich verdammt nochmal umbringen." Ich fange an, den Konferenztisch zu umrunden.

Janice packt mich so fest, dass sich ihre Nägel in meine Arme bohren, um mich aufzuhalten. „Warte einfach noch eine

Sekunde, Tiger", flüstert sie ruhig und ruft dann zu Alan. „Alan?"

Alan blickt zu Chad und lächelt. „Nein, das hast du nicht, Chad."

„Nicht was, Alan?"

„Du hast weder den Nachrichtenverlauf noch das Foto." Er deutet auf Chads Handy. „Schalte es an und schau nach."

Chad gibt das Passwort seines Handys ein und beginnt seine Suche. „Wir werden sehen." Er wischt, zuerst langsam, dann immer hektischer, während seine Verzweiflung zunimmt und sein Gesicht immer blasser wird und ihm jegliche Züge entgleisen.

„Erlaube mir, dir Zeit zu sparen, Chad." Alan weidet sich jetzt leicht schadenfroh an Chads Miene. „In deiner Cloud gibt es auch keine Sicherungskopien mehr. Weißt du, ich bin ein sehr viel besserer Hacker als du."

„Das ist illegal", quiekt Chad.

Dieses Mal antwortet Janice. „Beweis es."

„Das ist bedeutungslos, der Vertrag ist unterschrieben. Wenn sie versuchen, einen Rückzieher zu machen, werde ich sie verklagen." Er ist beinahe den Tränen nahe, als die Tür aufschwingt und Lindsey den Raum betritt gefolgt von zwei Männern in dunklen Anzügen. Luke und Julie sind dicht hinter ihnen.

„Es ist von Bedeutung, Chad, wenn du im Gefängnis sitzt und den Vertrag nicht einhalten kannst." Sie wendet sich an die zwei Männer, die ihr gefolgt sind, und deutet auf Chad. „Er gehört Ihnen, Gentlemen."

„Du kannst gar nichts beweisen. Wartet, Jungs, ich wurde von diesem Hacker reingelegt und zu Unrecht beschuldigt." Chad beginnt sich zum Fenster zurückzuziehen.

Julie deutet auf die Kameras in den Ecken des Konferenzraumes. „Wir haben dein Geständnis vom anderen Zimmer aus aufgenommen. Agent Sparks und Agent

Timmons haben mit Lindsey das gesamte Gespräch beobachtet."

Ich bin sprachlos, als ich beobachte, wie der größere der zwei Männer in eine Richtung um den Tisch zu Chad läuft, während der zweite die andere Richtung einschlägt. „Ich bin Agent Sparks vom FBI", sagt er und hält seine Marke hoch. „Sie sind verhaftet wegen elektronischen Post- und Telekommunikationsbetrugs, Mr. Dixon. Legen Sie Ihre Hände auf den Rücken." Als ihn der zweite Agent erreicht, drückt er Chad nach vorne, sodass er über den Tisch gebeugt ist, und legt ihm Handschellen um die Handgelenke.

Als sich Chad erhebt, ist sein Gesicht tränenverschmiert und er fleht, während sie ihn zur Tür führen: „Lindsey, bitte tu das nicht. Es tut mir leid. Ich wollte das nicht. Ich werde dir die Firma verkaufen, lass mich nur die Dokumente unterschreiben, über die wir geredet haben und sie gehört dir. Bitte, erhebe keine Anklage."

Lindsey verschränkt die Arme und macht den Anschein, als würde sie ihre Antwort gründlich durchdenken. „Können wir das tun, Gentlemen?", fragt Lindsey die FBI Agenten.

„Es ist Ihre Entscheidung", antwortet Agent Timmons. „Sie können Anklage erheben oder uns sagen, dass Sie das ablehnen und wir lassen ihn gehen."

„Wenn du die Verträge nicht unterschreibst, Chad, werde ich dich ins Gefängnis werfen lassen." Lindsey zieht einen Stapel Blätter aus ihrer Tasche, entfernt einige Seiten, legt den Rest auf den Tisch, schreibt etwas auf die erste Seite, dann blättert sie zur letzten und unterschreibt mit ihrem Namen. „Unterschreib."

Agent Timmons gibt ein Handgelenk von Chad frei und er nimmt Lindsey den Stift aus der Hand. „Ein Dollar? Und was ist mit dem Schuldschein? Das ist nicht das, worauf wir uns geeinigt haben."

„Du hast dieses Angebot abgelehnt. Das ist mein neues

Angebot, nimm es oder lass es bleiben." Lindsey beugt sich über Chad und grinst spöttisch.

„Aber ich habe allein für den Hotelvertrag 20.000,00$ bezahlt", jammert Chad.

„Nicht mein Problem." Lindsey schüttelt den Kopf und zieht eine Augenbraue hoch. „Nimm es oder lass es bleiben, das ist mein letztes Angebot."

Chad unterschreibt den Vertrag und Lindsey klatscht einen einzigen Dollarschein neben ihn auf den Tisch. „Ihr seid alle meine Zeugen. Der Betrag wurde vollständig bezahlt, jetzt lasst uns von hier verschwinden."

Agent Timmons nimmt Chad auch die zweite Handschelle ab, starrt ihn nieder und knurrt: „Ich schlage vor, dass Sie sich zukünftig sehr weit von diesen Leuten und dem FBI fernhalten, Mr. Dixon."

Chad kann nicht schnell genug aus der Tür rennen und ich bin völlig verblüfft. Was zum Henker ist hier gerade passiert? Ich drehe mich zu Lindsey und sie hebt eine Hand, um mich zu stoppen. „Eine Sekunde", sagt sie.

Einen Augenblick später meldet sich Laura über die Freisprecheinrichtung auf dem Tisch des Konferenzraums. „Okay, er ist weg, Leute." Und der Raum bricht in High-Fives und Gelächter aus. Ich ziehe mich zurück, um mich neben Luke zu stellen, der genauso verwirrt aussieht wie ich mich fühle.

„Was zur Hölle ist hier gerade passiert?", frage ich ihn.

„Wenn ich das nur wüsste." Er zuckt mit den Achseln.

„Kann mir bitte jemand erklären, was hier vor sich geht?", flehe ich über die Jubelrufe.

Lindsey läuft zu mir. „Da ist ja mein Held, der bereit war, den armen Chad zu töten, um mich zu beschützen. Ich muss sagen, so viel Spaß hatte ich schon sehr lange nicht mehr."

Ich bin ratlos. „Wovon redest du? Willst du mir etwa erzählen, dass du das alles geplant hast?"

„Nun ich – ", beginnt sie.

Janice und Julie unterbrechen sie. „Wir."

„Sorry, Mädels. Wir… haben uns die Operation ‚Leg das Wiesel rein' überlegt und dank einer Menge Hilfe von Alan haben wir sie problemlos durchgezogen."

„Alan?" Er versucht gerade, aus meiner Sichtweite zu schleichen, um meinem Zorn zu entgehen. „Du wusstest Bescheid und hast es mir nicht erzählt?"

„Sorry, Boss, aber ich habe größere Angst vor den Frauen als vor dir." Er zuckt mit den Achseln.

Janice eilt zu seiner Rettung. „Wir brauchten es, dass du eine gute Show hinlegst. Wir brauchten es, dass du ganz in den Beschützermodus wechselst. Von dem ich übrigens überzeugt war, dass es klappen würde, und Lindsey nicht."

Julie stellt sich neben Lindsey. „Lasst uns Opal nicht vergessen."

„Natürlich nicht." Lindsey schlingt ihren Arm um Julie und Julie erwidert die Geste. „Sie hat uns alle zusammengeführt und uns darüber aufgeklärt, wie wichtig es ist, dass wir Mädels zusammenarbeiten. Sie ist so entzückend, nicht wahr?"

„Das ist sie." Julie nickt.

„Ja, entzückend", bestätigt auch Janice, während sie sich auf Julies andere Seite stellt, um sich der Frauenumarmung anzuschließen.

Ich bin immer noch verwirrt. „Wie habt ihr das FBI dazu gebracht, euch zu helfen?"

„Das kann ich beantworten", meldet sich nun Luke zu Wort. „Diese Schwachköpfe sind ganz bestimmt nicht vom FBI. Sie arbeiten für mich. Ihr hättet mir definitiv von eurem Plan erzählen sollen. Ich habe euch Jungs fast verraten."

„Wir wussten, dass du es kapieren würdest, Boss. Wir hatten Vertrauen in dich." Der grinsende Angestellte, auch als Agent Sparks bekannt, wendet sich an Julie. „Das hat wirklich Spaß gemacht, Danke, Julie. Hast du was dagegen, wenn wir jetzt gehen?"

„Nö, ihr zwei könnt gerne gehen. Vielen Dank für eure Hilfe", antwortet Julie.

„Ich brauche allerdings meine Handschellen wieder", mischt sich Janice mit einem biestigen Lächeln ein. „Danke, Jungs."

Ich bin immer noch völlig verwirrt. „Lindsey, ich dachte…" Ich deute auf Julie. „Du dachtest, dass ich… und Julie…"

„Das habe ich für eine Minute wirklich gedacht. Aber Opal hat mir geholfen, wieder klar zu sehen und Julie hat mir erklärt, warum ihr eigentlich zusammen in dem Hotel wart."

„Mein Fehler, Michael." Julie reibt über Lindseys Schulter. „Du weißt, wie schwer es mir fällt, meine Hände bei mir zu lassen."

„Das war ein wirklich guter Plan." Ich nicke bewundernd. „Ihr hättet es mir trotzdem sagen können. Ich *kann* schauspielern, wisst ihr."

„Oh, schaut nur, er ist eingeschnappt. Mädels, wir haben seine Gefühle verletzt." Lindsey kommt zu mir und schlingt ihre Arme um mich, während uns die anderen zwei in eine Gruppenumarmung einschließen.

„Küss ihn besser, bevor ich es tue", sagt Julie zu Lindsey.

„Oh, das hättest du wohl gerne." Sie beeilt sich, ihre Lippen auf meine zu drücken und küsst mich tief. „Mein Held", seufzt sie.

„Unser Held", sagen Janice und Julie wie aus einem Mund und drücken mir auf jede Wange einen Kuss.

„Ihr seid alle verrückt." Ich bin nach wie vor schockiert, dass sie das hier durchgezogen haben, aber was soll's. „Ich sage, wir sollten das gemeinsam feiern", schlage ich vor.

„Ja, auf geht's", antworten sie alle gleichzeitig.

„Jemand sollte das FBI holen, bevor sie einen zu großen Vorsprung haben." Ich sehe keinen Grund, warum sie nicht an der Feier teilnehmen sollten.

„Ich hole sie." Luke joggt aus der Tür.

Janice führt den Rest des Rudels an, aber ich lasse mich zurückfallen und Lindsey nimmt meine Hand, um mich mitzuziehen. „Ahhh." Sie zieht mich an ihre Seite und schlingt im Gehen meinen Arm um ihre Taille. „Komm schon, du wirst es verwinden, ich verspreche es."

„Ich hätte es trotzdem durchziehen können." Ich lasse den Kopf hängen und täusche ein Schniefen vor.

Sie legt einen Arm um meine Taille und tätschelt meinen Po. „Natürlich hättest du das gekonnt, Schatz."

KAPITEL EINUNDZWANZIG

Michael

Mulligan's ist ein hiesiger *Irish Pub*, den ich liebe, weshalb wir alle beschließen uns dort zu treffen. Ich weiß nicht, ob es stimmt, aber in der Stadt geht das Gerücht um, dass der ursprüngliche Eigentümer einen Pub in Irland besuchte, der ihm so gut gefiel, dass er ihn kaufte. Anschließend ließ er die Innenausstattung vollständig abbauen und in die USA schicken, damit die exakte Atmosphäre des Pubs rekonstruiert werden konnte. Das stimmt wahrscheinlich nicht. Ich denke, das gleiche Gerücht wird über jeden *Irish Pub* in den USA gestreut, aber es klingt gut und der Laden fühlt sich wirklich an, als wäre man gerade in einen Pub einer Kleinstadt am Ring of Kerry getreten. Große Holzbalken, die so stark gebeizt sind, dass sie fast schwarz wirken, umspannen die Decke und passen zu den holzvertäfelten Wänden. Die Beize ist fast so dunkel wie ein Guinness, als hätten sie das Bier mit dem Rauch der Pfeife deines Großvaters vermischt und das Holz darin getränkt. Das Aroma ist einladend und sagt 'willkommen, lasst uns ein Pint trinken und Geschichten austauschen'. An jeder beliebigen

Nacht scheinen unterschiedliche Musiker wie aus dem Nichts aufzutauchen und ehe man sich versieht, kommt eine Trommel langsam und leise in Fahrt, gerade rechtzeitig, damit sich eine unbestimmte Zahl Gitarren dem Spiel anschließen kann. Es dauert nicht lange, solange das Bier fließt, bis jeder irisch ist und alle in das Lied einfallen. Und es hat den Anschein, als würden die Iren immer etwas feiern. Heute Abend ist es Lindseys Sieg.

Alan und ich stehen an der Bar und warten die obligatorischen zehn Minuten auf das 'richtige Zapfen' und der Laden füllt sich allmählich. Gleich als wir hier ankamen, habe ich erkannt, dass ich nüchtern bleiben muss, damit ich später fahren kann. Jemand muss es schließlich tun. „Also erzähl mir, wie du es gemacht hast, Alan", rufe ich, weil es so langsam ziemlich laut hier drin wird.

„Was gemacht?" Er grinst.

„Du weißt was. Wie hast du ihn gehackt?"

„Das kann ich dir nicht verraten, Boss. Ein Hacker muss seine Geheimnisse hüten." Er nimmt das erste gezapfte Bier, trinkt einen Schluck und muss den Schaum von seinen Lippen wischen. „Außerdem, wenn ich dir alles verrate, kommst du vielleicht auf die Idee, dass du mich nicht mehr brauchst."

„Du weißt, dass das nicht passieren wird." Ich nehme die anderen drei Biere und gehe zurück zum Tisch, als es mir einfällt. „Und das Foto?"

Er stoppt und lässt den Kopf hängen. „Ich hatte gehofft, dass du das vergessen würdest."

„Im Ernst?" Ich weiß, dass er nicht wirklich gedacht hat, dass ich es vergessen würde.

„Gelöscht… dauerhaft. Das verspreche ich, Boss", versichert er und ich glaube ihm. „Und ich verspreche auch, dass ich nicht einmal hingeschaut habe."

„Wir werden einfach so tun, als würde das stimmen." Ich stoße ihn mit der Schulter an, um ihn in die Richtung unseres Tisches zu schieben. „Und reden nie wieder darüber."

Die Biere haben kaum den Tisch berührt, als Janice ihres auch schon für einen Toast hochhebt. Ich nehme die Reste meines einzigen Biers des Abends und hebe mein Glas. „Auf den langandauernden Erfolg von *Superior Events and Occasions.*" Janice schüttet sich, wie ich glaube, das vierte Bier in den Rachen. Wie gut, dass sie morgen nicht arbeiten muss. „Ich werde dir eine Liste unserer anstehenden Events schicken", fährt sie fort. „Ich erwarte einen sehr guten Rabatt."

„Hört, hört", füge ich hinzu.

Lindsey trinkt den Rest ihres Biers. „Und in diesem Sinne habe ich eine Überraschung für Michael, weshalb wir jetzt gehen."

„Awwhhhh." Ein Ausruf des Bedauerns ertönt von der Gruppe.

„Vielen Dank euch allen für alles, was ihr gemacht habt. Ich liebe euch, Leute." Sie nimmt meine Hand. „Bleibt und genießt den Abend. Essen und Getränke gehen auf Michael."

„Was?" Ich täusche Entsetzen vor.

„Du wirst es schon überleben." Sie zwinkert mir zu, weil sie weiß, dass ich nur Spaß mache. „Niemand fährt heute Abend nach Hause. Draußen stehen ein Auto und ein Fahrer, der euch nach Hause fährt, wenn ihr bereit seid. Keine Eile, er gehört euch die ganze Nacht."

Als wir uns umdrehen und zur Tür laufen, höre ich Julie sagen: „Das verlangt nach einer weiteren Runde." Und Jubelgeschrei erklingt.

Lindsey hakt sich bei mir unter, während wir über den Parkplatz laufen und ich kann nicht ganz sagen, ob sie sich nur an mich kuschelt oder mich als Stütze benutzt, damit sie auf dem Weg zu meinem Wagen nicht im Zickzack schwankt. Ich habe nicht darauf geachtet, wie viel sie getrunken hat, weshalb es eines von beidem sein könnte… oder beides. Die

Stille der Nacht hat eine beißende Kälte mit sich gebracht, die noch nicht da war, als wir die Kneipe betraten. Es fühlt sich an, als würde ein Unwetter aufziehen. Unser Atem schwebt beim Laufen als Wölkchen vor unseren Gesichtern. Und da wird mir bewusst, dass ich keine Ahnung habe, wohin wir gehen oder was wir tun. „Du hast eine Überraschung für mich?"

Sie zieht an meiner Seite, um mein Ohr näher an ihren Mund zu bringen und flüstert ein heiseres: „Jep."

„Wie viel hast du getrunken?", erkundige ich mich.

„Nicht so viel. Tatsächlich die genau richtige Menge."

Unsere Autos sind nebeneinander geparkt und auch wenn sie der Meinung ist, dass sie nicht so viel getrunken hat, ist es doch zu viel, um noch zu fahren. „Was auch immer dir durch deinen Kopf geht, du wirst nicht fahren. Ich werde dich nach Hause bringen", verkünde ich.

„Nun, logo." Sie tritt zur Seite, während ich ihr die Beifahrertür öffne. „Dort wartet schließlich deine Überraschung."

Zu dem Zeitpunkt, als wir vor dem Aufzug stehen und darauf warten, dass er in der Lobby ankommt und uns zu ihrem Apartment bringt, dreht sich mein Kopf vor Verwirrung. Was ist diese verdammte Überraschung? Warum sollte sie eine Überraschung für mich organisieren, wenn sie dachte, ich hätte sie betrogen? Wann hatte sie bei allem, was vor sich ging, Zeit dafür? Die Türen öffnen sich, wir betreten den Aufzug und drehen uns beide zu der Öffnung, nachdem sie die Zahl zu ihrem Stockwerk gedrückt hat. Ich habe bereits die instinktive Angewohnheit, nach ihr zu greifen, wenn wir nebeneinander stehen. Also greife ich auch jetzt nach ihrer Hand, um sie zu halten, doch sie zieht sie weg.

„Ne, ne." Sie schüttelt den Kopf und tritt einen Schritt zur Seite von mir weg. Dann hebt sie beide Hände und gestikuliert wild in dem Aufzug herum. „Du könntest ihn kaputt machen… kein Anfassen."

„Du hast das gemacht, nicht ich."

„Behalte einfach deine Hände bei dir, Freundchen." Sie zeigt mir das vollständige, zweihändige Stoppsignal, gerade als der Aufzug „Ping" macht und sich die Türen zu ihrem Stockwerk öffnen.

Ich folge mehrere Schritte hinter ihr und halte Abstand, während sie zu ihrer Apartmenttür läuft. Sie durchstöbert einen unglaublich großen Schlüsselbund, trifft endlich eine Entscheidung und steckt den Schlüssel in das Türschloss, aber stutzt, als sie mich aus dem Augenwinkel entdeckt. „Was machst du da?", fragt sie.

Ich bin auf halbem Weg den Flur hinab stehen geblieben. „Du hast gesagt kein Anfassen."

Sie läuft langsam zu mir, wobei sie mir die ganze Zeit tief in die Augen schaut, und dann nimmt sie meine Hand, um mich zu ihrer Apartmenttür zu führen. Während dem Laufen legt sie meine Hand auf ihr Kreuz, dann ihren Hintern. „Oh, es wird ganz schön viel Anfassen involviert sein."

Zu dem Zeitpunkt, an dem sie die Tür öffnet und wir die Türschwelle überqueren, hat sie wahrscheinlich erst drei Schritte mit meiner Hand auf ihrem Hintern gemacht, aber mein Schwanz ist bereits vollständig hart.

Sie dreht sich, um die Tür hinter mir zu schließen und drückt mich dagegen, wodurch sie sie zuschlägt. Bevor ich auch nur Gelegenheit habe, mein Gleichgewicht zu finden, presst sie ihren Mund auf meinen, ihre Zunge begrüßt meine leidenschaftlich und ihre Hüften drücken sich fest gegen mich. Sie weiß zweifellos schon, wie glücklich mein Körper ist, ihren zu fühlen.

Und es ist mir egal.

Ich möchte, dass sie spürt, wie hart ich für sie bin und ich kann verdammt nochmal nicht länger warten. Das Begehren meines Körpers und mein animalisches Verlangen, sie zu haben, kocht bereits über. Ich drehe sie herum und drücke sie gegen die Tür. Anschließend stoße ich meine Hüften gegen ihre, während ich meinen Mund zu ihrem Hals bewege. Sie legt den Kopf nach hinten, als ich hinab zu ihrem Schlüsselbein gleite und ihren Duft einsauge, während meine Lippen nach der nächsten Stelle für meine Erkundungen suchen. Ich schiebe meinen rechten Arm hinter sie, über ihren Rücken, packe ihre rechte Arschbacke und ziehe sie fester an mich. Sie hebt und senkt ihren Körper ein paarmal, wodurch sie sich an mir reibt, bevor sie stöhnt und ihren Arm zwischen uns bringt. Ihre Hand hat meinen Schwanz durch meine Hose gefunden und pumpt jetzt hoch und runter. Und ich stehe schon kurz davor zu explodieren, weshalb ich sie stoppen muss. Ich möchte unbedingt kommen, aber nicht so, nicht ohne sie. Also senke ich mich langsam, entziehe mich ihrer Reichweite und knöpfe ihre Bluse auf, Knopf für Knopf.

Ich schiebe den Stoff ihres Oberteils an die Seiten jeder Brust, um einen weißen Spitzen-BH freizulegen. Der vordere Verschluss ist schnell geöffnet und jedes Körbchen fällt zur Seite, als die Häkchen gelöst werden. Ihre hübschen Brüste begrüßen mich mit vollständig aufgerichteten Nippeln, die um Aufmerksamkeit betteln. Ich umkreise ihre linke Spitze mit meiner Zunge, während ich Anstalten mache, die gesamte Brustwarze in meinen Mund zu nehmen. Wenn die Spitze noch fester zusammengezogen wäre, würde sie vermutlich platzen und ich kann einfach nicht anders, als sie zwischen meine Lippen zu nehmen und mit der Zunge zu massieren.

Sie stöhnt, packt meine Haare, um meinen Kopf nach hinten zu ziehen, und küsst mich tief. Dann gleitet sie zwischen der Tür und mir hinab auf ihre Knie. Ich schließe die Augen, weil sich der Raum dreht, als sie meinen Schwanz befreit und die Eichel in ihren Mund nimmt. Sie lässt mich nur zweimal vollständig in ihren warmen, feuchten Mund gleiten, bis sie erkennt, wie erregt ich bereits bin, und aufhört. Sie erhebt sich, streichelt meinen Schwanz ein weiteres Mal mit der Hand auf ihrem Weg nach oben und sagt: „Folge mir."

Meine Hand liegt in ihrer, während ich ihr durch ihr Apartment in ihr Zimmer folge. Sie lässt mich am Fußende ihres Bettes stehen und geht weiter in das Zimmer hinein, um eine Stehlampe in der Ecke anzuschalten. Sie blickt über ihre Schulter zu mir zurück und sagt: „Erinnerst du dich daran?" Daraufhin ergreift sie die Seiten ihres Rocks und schiebt ihn zusammen mit einem weißen Spitzentanga zu Boden. Mit geraden Beinen beugt sie sich nach vorne und streckt mir den nackten Hintern entgegen. So verweilt sie kurz und schaut fragend zurück zu mir.

Ich könnte für immer diese hübsche, rasierte Pussy bewundern, die unter ihrem fantastischen Hinterteil hervorlugt. „Oh, ich erinnere mich", sage ich.

Sie richtet sich auf und läuft zurück zu mir. Ihr Oberteil ist nach wie vor geöffnet und ihre Brüste schwingen bei jedem Schritt. Nichts bedeckt ihre untere Hälfte, bis auf eine glänzende Silberkette um ihre Hüften, die in der Mitte leicht nach unten hängt und den Umrissen ihres Bauches folgt, wobei ein Rubinanhänger den Weg weist.

Doch sie läuft an mir vorbei, wobei sie meinen Schwanz ein weiteres Mal beiläufig streichelt, und legt sich anschließend mit dem Rücken auf das Bett. Die glänzende Silberkette um ihre Hüften und der rote Edelstein schimmern im Licht der Lampe.

„Jetzt komm zu mir", fordert sie mich auf.

Sie hat ja keine Ahnung.

KAPITEL ZWEIUNDZWANZIG

Lindsey

Vielleicht hätte ich ihn nicht so dort stehen lassen sollen, aber ich konnte einfach nicht widerstehen. Irgendetwas daran, ihn zu reizen, indem ich zu drei Viertel nackt und bereit für ihn vor ihm liege, macht mich sogar noch schärfer. Er muss mich vom Fußende des Bettes anstarren, während ich ihm beim Ausziehen zuschaue. Und ich weiß, er kann den Blick nicht abwenden. Er steht mehr oder weniger kurz vorm Platzen, seit wir durch meine Apartmenttür getreten sind. Ich kann es spüren und ich kann es in seinen Augen sehen. Er ist wie ein eingesperrtes Biest, das bereit ist auszubrechen, und jetzt mache ich es noch schlimmer. Und ich liebe es. Er atmet jetzt schwer, während er mich betrachtet. Mit dem herausgezogenen Hemd, dem geöffneten Hosenladen und seinem Schwanz, der nach oben ragt, sieht er superheiß aus.

Ich bin so verdammt geil und euphorisch, dass ich mich nicht zurückhalten kann, als er anfängt sein Hemd aufzuknöpfen. „Yay", platzt es aus mir heraus.

„Yay?" Er lacht, während er die restlichen Knöpfe öffnet.

„Sorry. Du strippst für mich und das ist irgendwie heiß."

„Irgendwie?" Er zieht eine Augenbraue hoch.

„Sehr." Ich drehe mich auf den Bauch und lege meinen Kopf in die Hände, um ihn zu beobachten. Er hat einen umwerfenden Körper: schlank und sehr muskulös, aber nicht übertrieben, mit tollen Brustmuskeln und fantastischen Schultern.

„Okay." Er stoppt und sagt: „Für einen Mann gibt es keine elegante Möglichkeit, den Rest auszuziehen, also schließ die Augen."

„Aahh", necke ich ihn.

„Mach sie zu", befiehlt er, was mich sogar noch schärfer macht, weshalb ich gehorche.

Ich kann das dumpfe Aufschlagen von Schuhen hören, die zur Seite getreten werden und das Rascheln von Kleidern, die ausgezogen werden. Dann höre ich nichts außer den kaum wahrnehmbaren Schritten seiner Füße auf dem Boden und er sagt: „Lass sie zu."

Daraufhin höre ich für gefühlte Ewigkeiten nichts. Ich denke, dass er hinter mir ist, aber ich will meine Augen nicht öffnen. Ich kann spüren, dass mein Herz immer lauter in meiner Brust pocht. Ich halte es nicht länger aus. „Michael?", frage ich.

„Unterbrich mich nicht." Er ist hinter mir. „Hast du auch nur den Hauch einer Ahnung, was für einen hammermäßigen Arsch du hast?"

Ich bin bereits so erregt, dass ich wahrscheinlich tropfnass bin. „Das habe ich?", frage ich.

„Ja." Er steigt hinter mir auf das Bett und fährt dabei mit den Händen die Mitte meiner Beine hoch. Seine Lippen legen sich auf die Rückseite meiner Schenkel. Als sie über meinen Po wandern, stockt mir der Atem. So langsam, dass es schon schmerzhaft ist, zieht er eine Spur über mein Hinterteil, meine Wirbelsäule hoch und dann bis zu meinem Hals. Als er schließlich mein Ohr erreicht, keucht er. Er nimmt meine beiden Hände, streckt unsere Arme über unsere Köpfe und legt sein ganzes Gewicht auf mich. Jeder Zentimeter meiner Haut kribbelt unter der Berührung seines Körpers auf meinem. Sein geschwollener Penis presst sich in meine Poritze. Er knabbert an meinem Nacken und sagt: „Weißt du, wie lange ich auf das hier gewartet habe?"

„Ich habe eine", ich kann meine Antwort fast aussprechen, aber werde von meinem eigenen Stöhnen unterbrochen, als er sich fester gegen meinen Hintern drückt, wodurch seine Härter tiefer in meine Ritze gleitet, „Ahnung." Ich drücke seine Finger mit meinen, weil ich das Gefühl von ihm absolut liebe.

„Ich kann mir endlich Zeit mit dir lassen." Er gibt meine Hände frei und beginnt sich nach oben zu stemmen. „Und dieses Mal wird uns nichts unterbrechen."

„Oh! Was war das?" Ich tue so, als würde ich zur Tür schauen.

„Sehr witzig", sagt er und verpasst mir einen leichten Klaps auf den Allerwertesten.

„Dachte, ich hätte etwas gehört", lüge ich. Ich strecke meine Arme aus und lege sie dann neben meine Seiten, während ich mich auf das Gefühl konzentriere, dass er meinen Po mit seinen Händen massiert.

Er gibt mir noch einen Klaps… und massiert wieder. „Lügnerin."

„Wenn du so weiter machst, werde ich vielleicht für immer hier liegen bleiben." So langsam wird mir klar, dass es eine geniale Idee war auf meinem Bauch liegend anzufangen. Er wird beide Seiten von mir gründlich erforschen wollen.

Ich kichere und biege meinen Rücken durch. Ich kann nichts dafür, dass ich manchmal ungezogen bin. Das liegt in meiner Natur. Ich greife mit meiner linken Hand nach hinten und zurück, um seine Hoden zu finden und zu massieren und er stöhnt bei meiner Berührung. Sie fühlen sich stark geschwollen und fest an, also muss ich fragen: „Meine Güte,

Michael. Hast du nicht... du weißt schon... seit dem Aufzug?"

Er hat damit zu kämpfen, ein „Nein" hervorzupressen, während ich weiterhin mit den Fingern über den Ansatz seiner Hoden streichle.

Dann denke ich darüber nach und lasse ihn los. „Oder dem Strand?", frage ich.

„Hör zu, ich war etwas beschäftigt. Also, nein. Es ist eine Weile her."

Wäre ich an seiner Stelle gewesen, hätte ich meinen Vibrator herausgezogen, sobald ich nach Hause kam, der arme Mann. „Wirst du damit klarkommen?" Ich muss mich einfach ein bisschen darüber lustig machen. „Werde ich damit klarkommen? Ist es gefährlich?"

Er seufzt über meine Albernheit. „Mir geht's prima."

„Sollten wir den Präsidenten anrufen und die Nationalgarde alarmieren?"

Klatsch, er verpasst mir noch einen Klaps. „Stopp."

„Und die Schotten dichtmachen, Käpt'n?"

Klatsch, dieses Mal etwas härter. „Lindsey –"

„In Deckung gehen?"

„Das reicht." Klatsch, dieses Mal sogar noch fester und dann dreht er mich um.

Und ich kichere wie ein kleines Mädchen, als er meine Arme packt und sie über meinem Kopf fixiert. „Ich wollte nur sicherstellen, dass bei den Dreharbeiten zu diesem Film niemand zu Schaden kommt."

„Höchstens du", sagt er, kurz bevor er mich leidenschaftlich küsst.

„Puh. Versprechen, Versprechen." Ich schiebe schmollend die Unterliebe vor. „Du hast übrigens nach deinem letzten Klaps die Massage vergessen."

„Oh, ich werde dich schon noch massieren." Er widmet sich meinem Halsansatz und ich drehe den Kopf zur Seite, während er sich langsam nach unten arbeitet. Ich glaube, mir wird das gefallen.

Er lässt sich Zeit, bis er zu meinem schmerzenden rechten Nippel gelangt, der schon auf die Ankunft seiner Lippen gewartet hat. Und er enttäuscht nicht, weil er ihn sanft zwischen die Lippen nimmt und mit der Zungenspitze darüber gleitet. Sein Tempo nimmt zu, als er einen einzelnen Finger zwischen meine feuchten Schamlippen schiebt. Wie hat er diesen Arm dorthin geschlängelt, ohne dass ich es bemerkt habe? Es ist eine meisterhafte Berührung, die mich fast vor Leidenschaft explodieren lässt.

Er drückt seinen Finger tief in mich, vor und zurück, und hoch und runter. Anschließend presst er fest gegen die Oberseite meiner Öffnung, während seine Handfläche auf meinen Kitzler drückt. Er beginnt einen langsamen, aber gleichmäßigen Rhythmus aufzubauen, der nicht aufhört, als er sich nach unten bewegt, um meinen Bauch mit Küssen zu übersäen. Als er die Schwelle meiner Bauchkette erreicht, fühle ich, wie er mich weiter dehnt, indem er einen zweiten Finger hinzufügt, um die Intensität zu erhöhen, und sein Tempo wird schneller.

Als seine Lippen schließlich an meinen Hüftknochen ankommen, pulsiert meine Klit im Rhythmus mit den Stößen seiner Hand und freut sich auf jede Berührung. Doch seine Handfläche hört auf, Druck auszuüben, während er tiefer rutscht und meinen Kitzler in den Mund nimmt. Die stoßende Hand streckt sich und beschleunigt das Tempo.

Ich wölbe meinen Rücken, um meine geschwollene Knospe in seinen Mund zu drücken, während er hinter mich greift, um meinen Hintern zu packen und mich höher zu heben. Er saugt mich in seinen Mund und drückt mit seiner Zunge nach unten. Er kann erkennen, dass ich bereit bin, über die Klippe zu taumeln, weshalb er seine Hand immer schneller rein und raus pumpt und mit der Zunge wiederholt über meine Klit zwirbelt. Ich werde von einer Welle purer Ekstase über die Klippe geschwemmt. Mein Inneres pulsiert und kontrahiert so heftig und so lange um seine Finger, dass es sich anfühlt, als würde es vielleicht nie aufhören. Ich bemerke nicht einmal, dass ich laut stöhne und das Bett mit jedem Pulsieren zum Wackeln bringe. Dann gibt er meine Klitoris frei und ich erschaudere, als die Spannung in meiner Mitte nachlässt.

Ich öffne die Augen und er betrachtet mich, als würde er mich besitzen. Und genau in diesem Moment tut er das auch und er weiß es.

Ich rutsche zur Seite, gebe ihm einen Schubs, sodass er auf seinen Rücken rollt, schwinge ein Bein über ihn und stemme mich hoch, sodass ich mich über ihm befinde und auf seinem Bauch sitze. „Geht's dir gut?", fragt er grinsend wie ein Honigkuchenpferd.

„Ging mir noch nie besser."

„Gut. Für einen Augenblick dachte ich schon, wir müssten die Nationalgarde alarmieren."

„Und wie." Ich nicke zustimmend.

„Hattest du nicht eine…" Er hält inne, um Luft zu holen, als ich hinter mich greife und anfange seinen Schaft hoch und runter zu streicheln. Nach einem Moment spricht er weiter: „Mmh… eine Überraschung für mich?"

„Mh hmm", mache ich, während ich ihn fester drücke und weiterhin streichle. Ich ließ ein Kondom auf meinem Nachttisch liegen, nach dem ich jetzt greife, das Streicheln unterbreche und es aufreiße. Ich greife mit beiden Händen hinter mich und rolle das Kondom auf seine Härte.

„Wow", sagt er. „Interessanter Move. Ist das die Überraschung? Eine Talentshow?"

„Nope", antworte ich, während ich seinen Schwanz an meine Öffnung führe und mich langsam auf ihn senke. Er fühlt sich so verdammt genial in mir an und mir stockt beinahe der Atem, während mein Herz bei jedem Zentimeter einen Satz macht. Ich vergesse fast zu sagen: „Überraschung."

Aber irgendwie gelingt es mir, das eine Wort hervorzubringen.

Er schließt die Augen und wirft den Kopf nach hinten. „Guter Gott. Ich hätte nie gedacht, dass ich diesen Punkt jemals erreiche", stöhnt er.

Ich beginne mich langsam auf seiner Länge hoch und runter zu bewegen, aber ich will es nicht überstürzen. Jede Runde fühlt sich besser an als die letzte. Er atmet jetzt schwer, aber knirscht mit den Zähnen, als ich hinter mich greife und anfange seine Eier zu liebkosen, während ich mich weiterhin hebe und senke.

„Aaagh." Er stößt ein Röhren aus und wirft mich von sich. Er ist im Nu auf den Beinen und tigert um mein Bett.

Ich drehe mich auf meinen Rücken und bin verwirrt.

„Warte einfach eine gottverdammte Minute." Er läuft weiter hin und her, aber bleibt auf Entfernung und atmet schwerfällig. „Ich habe gewartet und gewartet. Warte einen Moment. Zu schnell." Er läuft noch mehr herum, dann bleibt er an meiner Kommode stehen und bemüht sich, seine Atmung unter Kontrolle zu bringen. „Sieh dich nur an, du bist verflucht nochmal perfekt." Er schnappt sich einen Bleistift von meiner Kommode. „Fast." Er reicht mir den Bleistift und entfernt sich wieder. „Hier, steck den dorthin, wo du ihn normalerweise hast, hinter deinem Ohr." Ich tue, worum er mich bittet, und er steht da und starrt mich an.

Ich liege da mit einem Bleistift hinter dem Ohr, meine weiße Seidenbluse weit gespreizt, wodurch meine Brüste entblößt sind, und meine Bauchkette schimmert im schwachen Licht der Stehlampe. Und ich schätze, das törnt ihn an, denn er steht einfach nur da und starrt mich schweigend an.

Bis ich meine Beine für ihn spreize und mit den Händen über meine Innenschenkel streichle. Das bringt ihn an den Rand seiner Selbstbeherrschung.

Er stößt noch ein Röhren aus und ist in Nullkommanichts

auf dem Bett. Er wirft sein linkes Bein über mein rechtes, hebt mein linkes an seine Schulter und rammt seine dicke Härte zurück in mich. Ich werde von seinem animalischen Verlangen überwältigt und meine inneren Wände pulsieren jedes Mal, wenn er sich in mich stößt. Sein Schenkel, der sich gegen mich drückt, ist das Tüpfelchen auf dem I. Daher drücke ich meine Hüften hart gegen sein Bein. Jedes Mal, wenn er sich in mich presst, reibt meine Klit an seinem Bein. Schneller und schneller, härter und härter, stößt er und ich reibe mich an ihm, bis wir beide vor Wonne explodieren.

Als die Bewegungen seines pulsierenden Schwanzes nachlassen, legt er seinen Kopf auf mein Bein. Ich greife nach ihm und ziehe seinen verschwitzten Körper auf meinen. „Das war sehr gut für mich", verkünde ich.

„Für mich auch", entgegnet er und verlagert den Großteil seines Körpers an meine Seite. „Hast du die Schotten dichtgemacht?"

„Ich? Ne. Ich lebe gerne gefährlich."

„Aber du hättest verletzt werden können", neckt er mich.

„Du darfst mich jederzeit auf diese Weise verletzen, wenn du willst." Ich lege seine Hand auf meine Brust und ich weiß, er kann mein Herz noch immer heftig pochen spüren.

„Ich bin in dich verliebt. Du weißt das, oder?", sagt er.

„Ich bin auch in dich verliebt, Michael." Ich drehe mich, um ihm in die Augen zu schauen. „Kümmre dich gut um mein Herz."

Er streichelt mit der Hand zur oberen Rundung meiner Brust, gleitet dann wieder nach unten über meinen Nippel und mein Puls drückt sich an seine Finger. „Deal."

EPILOG

$\mathcal{L}$*indsey*

Letzte Nacht war fantastisch und ich sollte erschöpft
sein, aber ich konnte nicht schlafen. Es strömt einfach noch zu
viel Adrenalin durch meine Adern. Das Event ist ohne
Zwischenfälle über die Bühne gegangen und Luke ist
begeistert davon, wie alles verlaufen ist. Alle hatten einen
Mordsspaß. Nicht schlecht für den ersten Auftrag einer neuen
Firma. Er hat mir versprochen, mir die Informationen zu all
ihren anderen Events dieses Jahres zu schicken. Mit den
Aufträgen von Luke und Michael steht mir bereits ein
arbeitsreiches Jahr bevor und mein Ruf spricht sich herum.
Diese Woche ist mein Terminplan schon ausgefüllt mit
Meetings mit potenziellen Kunden.

Wahrscheinlich muss ich bald anfangen, jemanden
einzustellen. Ich frage mich, ob Chad noch verfügbar ist. „Ha
ha ha." Ich bringe mich selbst zum Lachen.

„Hmmm?" Michael regt sich neben mir im Bett, als er
mein Gelächter hört.

Ich drehe mich um und stupse ihn vollends aus dem Reich der Träume in die Realität. „Steh auf, ich kann nicht schlafen. Lass uns einen Spaziergang machen und Kaffee holen."

„Neeeiiin, ich schlafe", jammert er. „Wie spät ist es?"

Perfekte Gelegenheit ihm seinen eigenen Spruch vor die Füße zu werfen. Den, den er jedes Mal bei mir anwendet, wenn er will, dass ich aufstehe und mit ihm wandern gehe. „Tageszeit", antworte ich. „Außerdem ist es ein schöner Tag. Lass uns frische Luft schnappen und einen Kaffee holen."

„Schön", murrt er, während er aus dem Bett rollt und zum Bad läuft. Sein Haus wird renoviert, weshalb wir uns hauptsächlich in meinem Apartment aufhalten und er fühlt sich hier schon wie zu Hause. Ich glaube, meine Nachbarin Penny mag ihn bereits lieber als mich.

Ich rolle mich auf die andere Seite und schlüpfe in eine Jogginghose und einen Pulli, den ich am Fußende des Bettes liegen gelassen habe. Ich werfe einen Blick auf mein Handy, um nach der Außentemperatur zu sehen; vier Grad und sonnig. Ich nehme wohl besser eine Jacke mit.

Michael bewegt sich nur halb so schnell wie üblich und scheint auch mehr Probleme wie üblich damit zu haben, in die Pötte zu kommen.

Er hatte gestern Abend auch einen großen Abend.

Nachdem wir schließlich unsere Zähne geputzt haben und aus der Tür getreten sind, ist die Temperatur um drei Grad angestiegen, weshalb ich meine Jacke um meine Taille binde. Ich hake meinen Arm bei ihm unter, kuschle mich an seine Seite und wir laufen zum *Get Perky*. Ich fühle mich wie die glücklichste Frau der Welt. Meine Firma läuft gut und die Liebe meines Lebens erwidert meine Liebe.

Michael tritt vor mich, als wir das Gebäude erreichen, und hält mir die Tür auf. Ich betrete den Laden und gehe zur Theke, um unseren Kaffee zu bestellen. Das ist mittlerweile zu unserer Routine geworden. Er sichert uns einen Tisch und ich hole den Kaffee. Ich arbeite dieser Tage hauptsächlich zu

Hause, doch wenn ich nicht zu Hause bin, bin ich in meinem zweiten Büro, dem *Get Perky*. Es muss also nicht erwähnt werden, dass sie mich hier gut kennen.

Chris steht bereits an der Kasse, in die er meine Bestellung eingetippt hat, sodass mir der Gesamtbetrag auf dem Display entgegenleuchtet. „Guten Morgen, Lindsey."

„Guten Morgen, Chris." Ich stecke meine Kreditkarte in den Kartenleser. „Dankeschön."

„Wie ist es gestern Abend gelaufen?", erkundigt er sich.

„Besser als ich es mir hätte träumen lassen." Ich hebe ihm meine linke Hand vor das Gesicht, sodass er meinen neuen Ring sehen kann.

„Er hat dir einen Antrag gemacht?"

„Jep." Ich nicke. „Kannst du das glauben?"

„Ja, kann ich. Ihr zwei passt perfekt zusammen." Er reicht mir meine Rechnung. „Und du hast Ja gesagt?"

Ich werfe ihm einen verwirrten Blick zu.

„Sorry, dämliche Frage." Er lächelt und schüttelt den Kopf. „Herzlichen Glückwunsch. Ich freue mich so sehr für dich."

„Danke, Chris."

„Geh schon mal vor und setz dich. Ich bringe eure Bestellung, wenn sie fertig ist."

Ich drehe mich, um zu dem Bereich zu gehen, in dem wir üblicherweise sitzen und als ich um die Ecke biege, sehe ich, dass Michael nicht allein ist. Opal hat seine Hand in ihre genommen und hört ihm beim Sprechen zu. „Störe ich?", frage ich.

„Oh nein, Liebes. Setz dich bitte." Ich nehme Platz und sie öffnet ihre andere Hand für mich.

Ich lege meine Hand in ihre und fühle sofort die kribbelnde Wärme, die immer mit Opals Berührungen einhergeht. Ich kann das Lächeln, das sich auf meinem Gesicht ausbreitet, nicht stoppen und ich schaue zu Michael, der das gleiche alberne Lächeln im Gesicht hat. Wir können einfach nicht anders… wir lieben diese Frau. „Wie geht es dir heute Morgen?", erkundige ich mich.

„Oh, ich hatte bis jetzt einen wundervollen Tag." Heute Morgen trägt sie ihr lila Outfit, aber hat ihren Hut noch nicht abgesetzt.

Ich schaue nach unten und sehe, dass ihre dazu passenden Handschuhe und Handtasche auf dem Tisch neben ihr liegen. „Wirst du heute Morgen keinen Kaffee mit uns trinken?"

„Heute nicht, Liebes. Ich wollte nur kurz vorbeikommen und euch beiden zu eurem wundervollen Abend gratulieren." Sie lächelt Michael an und blickt auf meinen Ring. „Alles hat sich für euch zum Guten gewendet genau so, wie ich es mir gedacht habe. Ihr habt hart gearbeitet, alles riskiert, engagiert gekämpft und gewonnen. Jetzt bekommt ihr alles, was ihr verdient. Ihr beide und ich freue mich so sehr für euch."

„Irgendetwas sagt mir, dass ich es ohne dich nicht geschafft hätte, Opal."

„Oh, natürlich hättest du das. Du hast nur die Ermutigung gebraucht und einen kleinen Schubser hier und da. Doch alles, was du brauchst, ist direkt in dir, das war es immer." Sie wendet sich an Michael und schaut ihm in die Augen. „Und du… ich weiß, du wirst dich gut um sie kümmern."

„Ja, Ma'am." Er nickt.

Das Klingeln der sich öffnenden Tür zieht meine Aufmerksamkeit auf sich und ich schaue hoch, um Janice in unsere Richtung laufen zu sehen. „Janice", rufe ich und springe auf die Füße, um sie in eine Umarmung zu ziehen.

„Guten Morgen." Sie erwidert die Umarmung und zieht dann einen Stuhl raus, sodass sie sich hinsetzen kann. „Und dir auch, Michael. Nein, mach dir nicht die Mühe aufzustehen", neckt sie ihn. „Opal, es ist so schön, dich wiederzusehen."

„Janice, wie schön dich zu sehen. Ich dachte mir, dass du heute Morgen vorbeikommen würdest."

Janice hängt ihre Handtasche an die Ecke ihres Stuhls und setzt sich. „Nun, da das hier ihr zweites Zuhause ist, wusste ich, dass sie heute Morgen hier auftauchen würden. Ich wollte in Erfahrung bringen, wie es gestern Abend lief." Sie wirft einen Blick auf meine Hand, bevor ich die Chance habe, sie unter dem Tisch zu verstecken. „Wie ich sehe, hat sie Ja gesagt."

„Du hast es ihr erzählt, bevor du es mir erzählt hast." Ich boxe Michael gegen die Schulter. „Sie weiß immer alles vor mir."

„Oh, sei nicht sauer, Schätzchen. Ich weiß auch alles, bevor er es weiß."

„Sie lügt nicht." Michael zuckt mit den Achseln. „Ich weiß nicht, wie sie es macht."

„Ihr alle gebt so eine wunderbare Familie ab." Opal strahlt vor Stolz.

„Nun, du wirst mir beibringen müssen, wie du es machst", sage ich zu Janice.

„Oh, es ist nicht schwer. Er ist ein offenes Buch. Ich glaube nicht, dass auch nur ein Funken Hinterlistigkeit in ihm schlummert."

Michael zuckt erneut mit den Achseln. „Sie lügt nicht."

„Erzähl uns, wie das Event gestern Abend war", verlangt Janice.

„Es war sehr gut, sogar besser als ich erwartet habe. Ich bin sehr glücklich und Luke hat mich bereits mit dem Rest seiner Events dieses Jahr beauftragt", antworte ich.

Sie wackelt mit dem Finger vor mir herum. „Nun, vergiss aber nicht, dass wir als Nächstes dran sind und ich erwarte einen sehr guten Preis."

Chris tritt neben Michael und stellt unsere Bestellung auf den Tisch. „Bitteschön. Opal, möchtest du auch etwas?"

„Oh nein, Danke, Chris mein Lieber, ich bleibe nicht", antwortet Opal.

Chris wendet sich an Janice. „Und Sie, Miss?" Dann sehe

ich, das schwöre ich, wie Chris zum allerersten Mal errötet. „Darf ich Ihnen etwas bringen?"

Opal unterbricht ihn: „Chris, hast du Janice schon kennengelernt?" Opal greift über den Tisch und nimmt Janices Hand.

Etwas zwischen einem Grinsen und Lächeln breitet sich auf Janices Gesicht aus und Chris ist sprachlos. „Wir wurden einander nie offiziell vorgestellt", meldet sich Janice zu Wort.

Opal streckt ihre andere Hand aus und nimmt Chris' Hand. „Janice, das ist Chris. Er ist ein wundervoller junger Mann."

Chris räuspert sich und versucht, sich zusammenzureißen. Er hat nicht aufgehört, Janice anzustarren. „Freut mich dich kennenzulernen."

„Gleichfalls." Und Janice errötet jetzt auch. Ausgerechnet Janice.

Ich weiß nicht, wie das sein kann, aber ich habe das Gefühl, ich sollte helfen. „Sie nimmt einen großen Vanille Latte mit Sojamilch", sage ich zu Chris.

„Kommt sofort." Ich glaube, ich bemerke einen Schweißtropfen auf seiner Stirn, kurz bevor er sich umdreht und zurück zur Theke läuft.

Michael und ich tauschen einen ungläubigen Blick aus und ein Grinsen macht sich auf seinem Gesicht breit. „Geht's dir gut, Janice?", fragt er.

Sie antwortet nicht.

„Janice?" Ich strecke die Hand aus und rüttle an ihrem Arm.

Sie blickt verwirrt zu Michael und sagt: „Natürlich geht's mir gut." Dann richtet sie sich in dem Stuhl auf und grinst mich an. „Warum sollte es mir nicht gut gehen?"

„Nun." Opal steht langsam auf und wir erheben uns alle mit ihr. „Ich muss wirklich los. Lindsey und Michael, ich freue mich so sehr für euch beide. Lindsey, kümmre dich gut um ihn. Und Michael, vergiss nicht, dich gut um sie zu kümmern." Opal deutet auf Janice. „Sie ist sehr wichtig, aber man muss auch auf sie aufpassen."

„Die hier?" Er deutet ebenfalls auf Janice.

„Ja, die dort." Opal nickt.

„Natürlich ist sie das und ich werde gut aufpassen", stimmt Michael zu.

„Wir werden gut aufpassen", mische ich mich ein und schlinge meinen Arm um seine Taille.

„Janice, ich bin mir sicher, unsere Wege werden sich wieder kreuzen." Opal nimmt ihre Handschuhe und Handtasche.

„Ich hoffe, das tun sie." Janice lächelt.

Opal dreht sich um und geht zur Tür. Ein älterer Gentleman in einem knielangen Mantel hält ihr die Tür auf und folgt ihr dann nach draußen.

Wir setzen uns alle, gerade als Chris mit Janices Kaffee kommt. „Bitteschön, Miss."

Ihre Blicke kreuzen und halten sich, während Janice ihm die Tasse abnimmt. „Dankeschön… Chris."

Er hat selbst eine Tasse in der Hand und hält sie jetzt hoch. „Ein Toast", sagt er, „auf Michael und Lindsey."

„Auf Michael und Lindsey."

BÜCHER VON AMANDA ADAMS

Die Walker Brüder

Der Bachelor, Buch 1

Der Cowboy, Buch 2

Der Frauenheld, Buch 3

Der Draufgänger, Buch 4

Magical Matchmaker Series

Auf Magischen Umwegen

Die Obsession des Milliardärs

zusätzliche Bücher

Während Du Tot Warst (Black Fire 1)

BOOKS IN ENGLISH BY AMANDA ADAMS

The Walker Brothers

Crash and Burn

Alone With You

Up All Night

Make Me Forget

Magical Matchmaker Series

Stealing Christmas (Magical Matchmaker, Book 1)

Billionaire's Obsession (Magical Matchmaker, Book 2)

Other Books

While You Were Dead (with CJ Snyder)

Claimed in Shadows (with Luna Davers)

You can also find Amanda's books in German, French, Spanish and Italian.

ÜBER DIE AUTORIN

*D*eutschen VIP Leserliste an und erhalte eine Benachrichtigung über alle Neuerscheinungen auf Deutsch:

http://bit.ly/AmandaAdamsDeutsch

AMANDA ADAMS SCHREIBT SUPERHEIßE, ZEITGENÖSSISCHE Liebesromane für Erwachsene. Als Vollzeitautorin verbringt Amanda ihre Tage damit, mehr zu gehen und weniger zu tippen. Wenn sie Salat zum Mittag isst, belohnt sie sich danach mit Schokolade (wie es jede vernünftige Frau tun würde.)

Amanda glaubt an wahre Liebe, Liebe auf den ersten Blick und jedes andere Klischee, denn sie wurde in der Schule wie vom Blitz getroffen und ist seither glücklich mit ihrem Liebsten verheiratet. In ihren Büchern wird nicht betrogen--mit einem garantierten Happy End--aber haltet euch fest...es wird eine aufregende, holprige Fahrt.

Verpasse keinen Band!

www.amandaadamsauthor.com

Melde dich heute bei meiner